# 점퍼

고정욱 지음

생각
학교

## 청소년 서평단 추천사

"무한한 가능성과 재능이 있지만 고민이나 두려움 때문에 꿈꾸거나 도전하지 못하는 우리에게 뭔가 해보고 싶다는 스위치를 켜주는 책인 것 같다. 읽으면서 국어교과서에 나오는 김소월, 이중섭, 백석이 친구처럼 느껴졌다."

— 군자중 1학년, 이도경

"100여 년 전 내 또래의 학생들이 어떤 마음으로 살았을지 궁금한 마음에 더 흥미롭게 읽었다. '내가 창식이처럼 일제강점기에 떨어지게 된다면 어떤 선택을 했을까?' 생각하며 읽어보기 좋은 책이다."

— 화계중 1학년, 박윤희

"순식간에 읽었다! 막히는 부분 없이 쉽게 읽을 수 있어서 친구들도 재밌게 읽을 수 있을 것 같다. 창식이의 경험을 통해 나도 많은 걸 느끼고 깨달았다."

— 수유중 2학년, 강려은

"창식이가 오산학교 친구들을 통해 예술이 무엇인지 알게 된 것처럼, 내게 시와 예술을 통하여 우리가 하나로 모일 수 있음을 알 수 있었다."

— 고대부중 2학년, 전효빈

"주인공 창식이가 마치 점프(jump)하듯 내면이 한층 성숙해지는 판타지 성장소설! 누군가의 개입을 통해서가 아니라, 온전히 스스로의 힘으로 이루어낸 창식이의 도약과 성장이 흥미로웠다."

— 노재림

4

"한국사에 관심이 많은데도, 우리가 독립한 계기라면 봉오동 전투, 청산리 대첩 같은 사건들이 먼저 떠오르는 나와 같은 친구들에게 문화와 예술을 통한 독립운동도 있었음을 알려주는 작품!"

— 화계중 2학년, 김채빈

"타임슬립이라는 소재와 긴장감 있는 추격전, 그리고 엄청난 반전까지, 작가의 상상력이 충분히 발휘된 매력적인 책이다. 역사에 관심이 많은 친구들에게도 추천한다."

— 솔샘중 2학년, 김동후

"시간 가는 줄 모르고 책을 읽었다. 흥미로운 스토리 전개와 생동감 있는 배경 묘사로 머릿속에 소설 장면이 그려져, 주인공의 감정과 상황이 더 잘 이해되고 몰입하며 읽을 수 있었다."

— 화계중 3학년, 박윤상

"시를 가지고 일본에 맞설 힘을 어떻게 기르냐'는 창식이의 질문에 공감도 되고, 그에 대한 답도 얻을 수 있던 책. 학교에서 배우는 현대시에 주로 등장하는 시인들이 많이 앞으로 공부하는 데도 도움이 될 것 같다."

— 성암여중 3학년, 박소율

"꿈을 찾아가는 청소년의 여정, 일제강점기의 아픔에도 불구하고 끊임없이 일어서는 우리 민족의 모습, 예술의 중요성과 힘에 대한 깨달음, 힘든 시기에 빠진 사람들을 위한 따뜻한 위로까지. 모든 아름다운 것이 담긴, 정말로 사랑할 수밖에 없는 책!"

— 삼각산고 1학년, 석주희

어느 날 갑자기 시간이동 능력이 생긴다면 어느 시대, 어디로 가고 싶나요?

이 책은 평범하던 한 청소년의 성장기를 담은 타임슬립 소설입니다. 뜻하지 않은 시간여행을 통해 과거로 이동한 어느 점퍼(Jumper, 시간이동 초능력을 가진 사람)의 이야기이지요. 하지만 단순한 과거 여행이 아닙니다. 주인공인 열다섯 박창식이 시간을 넘어 도착한 곳은 우리나라가 일본의 지배를 받던 일제강점기의 오산학교이거든요.

오산학교는 역사에 한 획을 그은 많은 독립운동가를 배출하고, 김소월, 백석, 이중섭 등 시대를 뛰어넘는 예술가를 길러낸 대표적인 민족학교입니다. 꿈도 삶에 대한 의욕도 없이 생활

비 걱정만 하던 주인공 창식이가 이곳, 오산학교에서 누구를 만나고 어떤 경험을 하는지 잘 살펴보길 바랍니다. 창식이가 만난 인물들의 사연과 그들이 나눈 대화 속에서 우리가 잊어서는 안 될 역사적인 사실부터 삶의 중요한 태도, 알지 못했던 문화예술의 힘을 찾을 수 있을 거예요.

　나라의 주권을 빼앗긴 어려운 상황에서도 국가와 민족을 위해 행동하고, 나아가 자신의 꿈을 찾아가는 오산학교 청소년들과 함께하며 창식이가 한층 성장하는 것처럼 여러분도 이 책과 함께 성장하면 좋겠습니다. 역사를 알고 문화를 배우며 성장하는 우리 청소년이야말로 우리나라의 밝은 미래를 만들어갈 주인공이니까요. 이 책이 역사를 기억하고, 진정한 문화의 힘을 알고, 나아가 자신의 꿈을 찾는 자신만의 여정을 떠나기 위한 첫걸음이 되길 바랍니다.

2024년 여름 북한산을 바라보며, 고정욱

P.S. 구기범 선생님께 특별한 감사를…….

# 목차

**일러두기**

소설에 등장하는 몇몇 인물은 실존인물을 모델로 하지만, 소설 속 에피소드는 모두 창작된 것으로
실제 일어난 일은 아닙니다.

# 1

## 의욕 없는 어느 가을 오후

"야, 너 사람을 무시해도, 이렇게까지 무시할 수 있어?"

BTS 안무 동작을 연습하다 가을의 따스한 햇살을 받으며 운동장 스탠드에 앉아 졸던 창식이의 눈이 번쩍 뜨였다.

"누구야? 어르신 쉬시는데 방해하는 놈이."

고개를 돌려 보았다. 스탠드 위에 마민식이 서 있었다.

"박창식, 이 치사한 놈!"

"또 너야? 나 안 한다고 했잖아."

창식이는 민식이를 완전히 무시하는 태도로 다시 팔짱을 끼고 비스듬히 누워 가을 햇살을 즐기려고 자세를 취했다.

"친구끼리 너무한 거 아니냐? 내가 너한테 다른 거 부탁하는 것도 아니고, 미술부 들어와서 그림 좀 그려달라는 건데…….
이번 겨울방학 전에 미술 축제 할 때 걸개그림(건물의 벽 따위에
걸 수 있도록 그린 그림) 하나 걸어놓으면 좋잖아."

"……."

"네가 그려야 축제가 대박날 거 아냐."

듣자 하니 목적이 다른 데 있었다.

"야, 헛소리하지 마. 대박은 무슨…… 나 안 해, 그런 거."

창식이는 자세를 바로잡고 민식이에게 말했다.

민식이는 장애가 있는 친구였다. 어렸을 때 지나가는 오토
바이에 크게 부딪혀 다리가 부러지고 힘줄이 끊어졌다고 했
다. 완벽하게 낫지 않아, 그 후로 걸을 때마다 조금씩 다리를
절었다.

"네가 사람이면, 내가 이 정도로 부탁하는데 듣는 시늉이라
도 좀 해라."

"곧 졸업하는데 뭔 미술부야?"

"그러니까, 졸업하기 전에 보람찬 일 한번 해야지. 기말고사
끝나고 미술 축제 때 한 번만 그려줘. 우리 오산중학교 미술부
원 애들 모두 캐리커처로 그려 넣은 큰 그림으로 걸자고. 학교

에서 예산도 받아왔어. 현수막 인쇄소도 다 알아놨고."

민식이는 한숨을 한번 내쉬고 나서 간절한 표정으로 말했다.

"내가 배 아파서 이 얘기까지는 안 하려고 했는데, 사실은 옆에 이문여중 애들이 너 좋아한대. 네가 우리 미술부에 들어와서 큰 걸개그림을 그렸다고 하면 그것도 구경할 겸, 너도 볼 겸 축제에 올 거 아냐."

"……"

"까놓고 얘기할게. 우리 학교에 너만큼 잘생긴 애가 또 없잖아. 좀 도와주라."

칭찬하는데 기분이 나쁠 건 없었다. 하지만 그런 귀찮은 일을 막상 하려고 생각하니 짜증이 났다. 그림도 변변찮은 미술부 녀석들이 가끔 화구를 들고나와 학교 여기저기서 그림을 그린다고 앉아 있는 꼴이 창식이의 눈엔 참 같잖아 보였다.

"미술 축제라면 좋은 그림으로 승부 봐야지, 그런 꼼수를 막 쓰냐?"

"휴! 내가 미술부장이니까 그렇지. 야, 말도 마. 지금 애들 그림 안 그리겠다는 거 막 그리라고 그러고, 못 그리겠다는 애들한테는 이렇게 그려라 저렇게 그려라, 다 아이디어 주고 가르치면서 준비하고 있다고. 내가 이렇게 힘들게 산다. 응?"

"됐고, 난 관심 없어."


민식이가 창식이에게 와서 이렇게 매달리는 데는 다 이유가
있었다. 둘은 일 학년 때 같은 반이었다. 수업 시간이면 뒷자리
에만 앉아 있는 창식이와 달리 민식이는 맨 앞에서 열심히 공
부하는 학생이었다. 장애를 공부와 학습으로 만회하려는 듯
성적도 좋았다. 게다가 미술 재능도 뛰어났다. 선생님은 항상
민식이를 칭찬했다.

"민식아, 너는 나중에 미대 가라."

그러나 그림 그리는 걸로 따지자면 사실 아이들 사이에서 창
식이가 더 인기였다. 창식이가 교과서에 그려놓은 낙서를 본
아이들은 열에 아홉은 웃음이 빵 터졌다. 펼쳐진 교과서 양쪽
면에 멋진 풍경화를 그린 적도 있었다. 그것이 아이들에게 큰
화제가 되었다.

"야, 이거 봐!"

"와, 창식이 너 이런 것도 그릴 줄 알아?"

"민식아, 일로 와봐. 여기 창식이가 그림 그려놓은 거 봐."

아이들이 창식이 자리로 모두 몰려들었다. 수업 시간에 책상 위에 엎드려 대놓고 잘 수는 없어서 심심풀이로 끄적거린 그림일 뿐인데, 아이들은 달려와 사진 찍고, 감탄하고 난리가 난 거였다. 그때부터 민식이는 창식이에게 친근하게 다가왔고, 두 아이는 친해졌다. 그림을 잘 그린다는 공통분모도 있지만, 고수가 고수를 알아보는 느낌이었다.

이 학년 때 창식이가 민식이에게 이렇게 말한 적이 있다.

"야, 내가 너처럼 공부 잘하면 미대 같은 데는 안 간다."

"왜?"

"법대 가서 판검사 하지. 미대가 뭐냐, 미대가."

민식이는 피식 웃었다.

"글쎄, 판검사가 그렇게 좋은 건가? 사실 우리 아빠가 판사 거든."

"뭐? 정말?"

"응. 하지만 그냥 평범한 판사야. 직장인이고 공무원이지 뭐. 우리 집안 사람들은 다 법조계에 있긴 해. 창식이 너는?"

"우리 집은 뭐……."

내세울 게 없어 기가 죽었다. 창식이는 어느 날 갑자기 엄마와 이혼해 가정을 깬 뒤 자기를 버리고 집을 나가버린 아빠를 생각하면 가슴이 어두워지는 아이였기 때문이다. 세상만사에 흥미를 잃은 것도 그런 것 때문이었다.

　민식이는 생각날 때마다 창식이에게 자기가 동아리장으로 있는 미술부에 들어오라고 했다. 민식이의 몸에서는 늘 아릿한 테레빈유 냄새가 풍겨왔다. 시간 날 때마다 미술실에 가서 유화를 그리는 녀석의 그림 수준은 창식이 보기에도 상당했다. 미술 선생님조차도 칭찬할 정도였다.

　"민식이 나중에 유명한 화가 돼서 돈 많이 벌면 학교에 장학금 좀 내고 그래라. 몇 년 전에 김환기 화백의 〈우주〉가 무려 백삼십이억 원에 낙찰되었단다. 그림값 어마어마하더라."

　"아, 선생님 당연하죠. 오산중학교에 제 이름 남겨야죠."

　그런 얘기를 들을 때마다 창식이는 속으로 피식 웃으며 부러운 마음을 달랬다. 인기는 창식이가 더 많았기 때문이다. 웹툰 주인공의 얼굴이나 캐리커처를 쓱쓱 그려주면 아이들 기호에 딱 맞았다.

　"창식아, 이 그림 더 그려줘."

"대사 넣어봐. 말풍선도 그리고……."

아이들은 닥치는 대로 주문했다. 하지만 그리 어려울 건 없었다. 그런 그림을 그리는 일은 창식이에게는 그저 시간 때우기이고, 잠시 머리를 식히기 위한 수단일 뿐이니까. 창식이의 패드에는 그리다 만 웹툰, 각종 캐릭터나 스케치가 잔뜩 들어 있었다. 물론 제대로 완성한 건 하나도 없었다. 공모전도 많았지만, 거기에 응모할 만한 뒷심은 많이 부족했다. 분명 그림 그리는 걸 좋아하고 재능도 있지만, 창식이는 매번 가정환경과 현실을 핑계 대며 제대로 그림을 그리려 하지 않았다. 그래서 민식이는 창식이에게 미술부에 들어와 본격적으로 그림을 그려보라고 설득하곤 했다.


잠깐 생각에 잠겨 있던 창식이가 민식이에게 말했다.

"너네 집은 부자고 아빠가 판사니까 미술학원도 보내주고 물감도 사주는 거 아냐? 나중에 멋진 작업실도 만들어주고……."

"그럴 수도 있겠지?"

"그러니까 너는 미술이 어울리지만, 내가 그런 거 한다고 그

17

러잖아? 우리 동네 사람들이 다 웃어."

민식이는 할 말이 없었다.

"야, 그러면 일단 취미로 해, 취미로."

"취미로 하게 생겼냐? 지금 학교 다니는 것도 지겨워 죽겠는데. 마음 같아선 당장 학교 때려치우고 알바 더 늘려서, 돈이나 왕창 벌었으면 좋겠다고."

그때 운동장에 나온 체육 선생님이 호루라기를 불었다.

삑삑!

오 교시 체육 수업이 시작된 거다.

"나 간다."

창식이는 체육복 바지를 탈탈 털고 일어나서 긴 다리로 껑충껑충 스탠드를 내려갔다. 체육 선생님이 아이들을 한군데로 모으려고 큰 목소리로 부르는 소리가 들렸다. 민식이는 아쉬운 마음으로 일어나 절뚝거리며 교실로 돌아갔다.

# 2

## 멍신병이 낫는다고?

역사 시간이다. 담당 교사는 구광범 선생님. 광범위하게 진
도를 나간다고 악명이 높은 선생님이고, 창식이의 담임이었다.
이제 학기 말이라 기말고사가 얼마 남지 않았는데도 선생님은
부득부득 역사 교과서를 끝까지 가르치려고 입에서 침을 튀기
고 있었다.

"얘들아, 교과서는 한 권을 다 떼야 보람이 있는 거야. 그래
서……."

공부 잘하는 태민이가 손을 들고 말했다.

"선생님! 시험 범위 다 지나갔는데, 꼭 수업해야 해요?"

"무슨 소리야? 시험 보려고 공부하는 게 아니잖니? 조선 후

기까지만 시험에 나온다고 근대사를 공부하지 않고 넘어가는 건 말이 안 돼."

"아, 선생님, 자습시켜 주세요. 시험도 얼마 안 남았잖아요."

여기저기서 자습을 원하는 아이들의 원성이 자자했다.

"난 가르칠 거 다 가르쳤다. 수업 열심히 들었으면 좋은 성적 나올 거야. 뭘 그런 걸 걱정해? 우리가 살고 있는 이 역사 안에서 내가 어디에서 어디로 가는지를 아는 게 중요한 거야. 그래서 근현대사가 중요한 거지. 그래서 이렇게 선생님이 열정을 가지고 가르치는데, 짜식들이 샘 마음도 모르고. 자, 오늘은 일제강점기의 이야기를 공부해 보도록 하겠다."

"아이, 샘!"

"자습시켜 주세요!"

선생님은 물러설 뜻이 전혀 없었다.

"야! 시험문제에 안 나오니까 대신 선생님이 재밌게 가르쳐 주잖아? 거기, 거기. 자는 애들 깨워라."

그건 사실이었다. 시험 범위를 가르칠 때는 세세하게 수업하던 구광범 선생님이 시험에 나오지 않는 일제강점기에서는 재밌는 이야기만 골라서 했다.

"자, 일제강점기에 말이야, 우리나라도 문화적으로 변화가 일어나기 시작했어. 이 시기에 많은 선각자가 고생하고 노력했지. 그 덕에 우리 민족이 문화적으로 각성했단 말이다. 대표적인 게…… 너희들 좋아하는 영화 있잖아? 그때 우리나라에서 처음으로 영화를 찍었어."

"예? 영화를요?"

"그래. 우리나라 최초의 영화는 〈아리랑〉이야. 〈아리랑〉이라는 영화는 말이야, 우리 민족의 정서를 담았다는 점에서도 굉장히 중요하지. 나운규라는 사람이 감독했단다."

선생님은 교실의 모니터 화면에 〈아리랑〉에 대한 영상 자료를 띄워주었다. 영화라는 말에 관심이 조금 생긴 창식이도 고개를 들어 화면을 쳐다보았다.

"나라를 잃은 설움을 잘 표현한 영화야. 이 영화 줄거리가 뭐냐 하면, 영진이라는 주인공이 정신병을 앓고 있었어요. 3·1운동 때 고문을 받고 그렇게 된 거지. 정신병을 앓고 있던 와중에 여동생이 일제 앞잡이 놈에게 희롱당하는 걸 보고는 낫을 휘둘러. 그 앞잡이 자식을 죽여버린 거야. 이 사건 때문에 일본 경찰에 붙잡혀 처벌을 받으러 가게 돼. 그런데 마침 영진이의 정신이 돌아와서 이렇게 얘기하지. '슬퍼하지 마십시오. 저는 이 삼천리강산에 태어났기 때문에 미쳤고, 사람을 죽였습니다. 저는 이제 죽으러 가지만 이것은 죽는 것이 아닙니다. 갱생하러 가는 거니까 눈물을 거두시오.' 자, 이렇게 잡혀서 고개를 넘어가는데 〈아리랑〉 노래가 막 울려 퍼지면서 영화가 끝나. 이 장면을 해석하자면 말이야, 갱생(更生)하러 간다는 건 뭐냐? 미친 사람이 범죄를 저질렀으니 교육을 잘 받아서 갱생, 다시 살겠다는 뜻일까? 아니야. 여기에는 비유와 상징이 있는 거지. 우리 민족이 비록 지금은 일제에 나라를 잃었지만, 다시 태어나듯 독립을 하자는 말을 비유적으로 한 거지. 작품 안에 이렇게 돌려 말하는 대사를 넣은 거야."

창식이가 듣고 있자니 어이가 없었다. 정신이상자였던 주인공이 다시 정신을 차리고 영웅이 된 양 갱생을 이야기하며 사람들에게 열변을 토하다니. 그리고 사형선고 받으러 가면서 갱생이라니. 창식이는 갑자기 손을 들고 자기 의견을 말했다.

"선생님, 정신병이 그렇게 쉽게 나으면 병이라고 하겠어요? 너무 억지스러운데요."

창식이는 아빠를 떠올렸다. 원래도 술을 많이 먹던 아빠는 엄마와 이혼한 뒤 술을 끝도 없이 먹었고, 결국 알코올성 치매 초기라는 판정까지 받았다. 창식이가 볼 때 일종의 정신병이었다. 치료할 돈도 없고, 이미 선을 넘어버린 아빠를 고칠 방법도 없었다. 엄마는 집에 없고, 아빠는 매일 술을 먹고 들어와 울고 있는 창식이를 때리거나 할머니에게 행패를 부려 돈을 뜯어 갔다. 지금은 어디로 갔는지도 모르고, 못 본 지 몇 달 되어 조마조마한 가운데 할머니와 근근이 살고 있었다. 조손가정 지원 프로그램으로 사회복지 공무원의 도움을 받고, 주민센터에서 지원받지 않았다면 어떻게 살았을지 상상도 하기 힘들었다.

"창식아, 영화잖니? 영화고 드라마잖아? 그러니까 이런 얘기가 나온 거야. 하지만 당시 상황에서 이런 생각을 했다는 게 얼마나 대단하냐?"

선생님은 이 장면이 〈아리랑〉이라는 작품의 위대한 정서를 대변하는 명장면이라고 설명했다.

"이렇게 영화라든가 음악, 문학, 이런 것들이 우리 민족을 계속 각성시켰기 때문에 우리 민초들은 그런 작품들을 보면서 아, 독립해야 하겠구나, 우리 민족에게 희망이 있구나, 이러한 생각을 하게 된 거야. 그리고 이 시대에는 대중문화가 널리 퍼졌어. 그래서 이때 시인들은 저항시를 쓰기도 하고, 다양한 예술가들이 문학 활동을 통해서 민족의 미래를 걱정했단다. 잡지도 많이 나왔어. 〈별건곤〉 같은 잡지가 인기 있었지. 이런 잡지들이 사람들의 생각과 지식, 정보를 모아서 민족을 교육하고 스스로 깨치게 한 거야."

"선생님, 그렇게 우리나라 국민이 똑똑하다면 애초에 일본에 먹히지 말았어야죠."

"하, 이 녀석. 저번 시간에 말했잖니. 우리가 일제의 그 야욕에 대비하지 못하고 근대화가 늦어져 그 지경까지 간 거야. 하지만 포기하지 않고 문화 운동을 통해서 노력했기 때문에 오늘날 케이팝도 나오고 그런 거야. 우리 민족의 소질이 계발된 거지."

"아, 그니까요. 처음부터 먹히지 않았으면 좋잖아요. 왜 대비도 못 하고 먹혀가지고……."

아빠를 생각하자 자기도 모르게 오버하는 창식이었다. 구광범 선생님은 웃었다.

"하하하! 다른 학교 녀석들은 그래도 우리 오산중학교 학생은 그런 소리 하면 안 돼. 왜냐? 이 학교는 이승훈 선생님이 세운 민족 학교이고 민족 시인인 김소월, 일제강점기의 최고 낭만 시인 백석, 그리고 황소 그림으로 유명한 이중섭이 다 너희들 선배니까. 그나저나 웬일이냐? 일 년 내내 수업 시간에 질문 한 번 안 하고, 수업도 안 듣던 녀석이 여기에 후끈 달아올라서는 말이야."

창식이는 괜히 흥분해서 선생님을 기분 나쁘게 한 건 아닌가 하고 눈치를 살폈다. 이때 마침 종이 울려 구광범 선생님은 미소 지으며 교실 밖으로 나갔다. 창식이는 다시 팔을 책상 위에 올려놓고 얼굴을 묻었다. 모든 게 거지 같았다. 사는 것도 거지 같고, 교과서에서 배우는 역사의 내용도 찌질하기 짝이 없었다.

'일본이나 우리나라나 비슷했는데, 왜 먹히냐고. 땅덩이가 큰 미국이나 러시아도 아니고, 일본에 먹히고 나서 맞설 힘이 없으니까 괜히 글 쓰고 영화 찍어 예술로 저항했다 그러지. 웃기지 말라 그래.'

그런 생각을 하자 다시 만사가 귀찮아진 창식이었다.

# 3

## 일진 나쁜 날

할머니였다. 해 떨어지는 저녁, 집으로 돌아가던 창식이는 언덕에서 박스 몇 개를 작은 손수레에 담아 밀고 가는 할머니를 발견했다. 하지 말라고 해도 할머니는 그렇게 아침저녁으로 종이와 박스를 주우러 다녔다. 종이 일 킬로그램에 사십 원밖에 안 주는데, 왜 그런 짓을 하는지 창식이는 알 수 없었다.

"배고프지? 빨리 밥해줄게. 기다려라."

창식이가 뒤따라서 집에 들어오는 걸 본 할머니는 허둥지둥 싱크대로 다가갔다. 그런 할머니를 볼 때마다 영 속이 좋지 않았다. 학생인 창식이는 돈 벌 기회가 별로 없었기 때문이다. 가끔 아르바이트하긴 하지만 중학교 삼 학년이 할 수 있는 건 전

단지 돌리기 정도였다.

"계세요?"

그때 누군가 현관문을 두들겼다.

"누구세요?"

할머니가 부엌에서 열심히 뭘 할 때는 창식이가 문을 열어
야 했다. 빌라 꼭대기 층에 사는 주인아주머니였다. 할머니는
문밖을 내다보더니 갑자기 목소리에 미안함을 잔뜩 담아 말
했다.

"아이고, 미안합니다. 이거 어쩌면 좋아요?"

할머니가 서둘러 슬리퍼를 신고 밖으로 나가서 문을 닫았다.
창식이가 있으니 난처한 이야기를 듣게 하고 싶지 않았던 모
양이다. 하지만 오래된 빌라의 반지하방 철문은 방음이 허술
했다.

"할머니, 어려우신 건 아는데 저희도 월세를 받아야 생활하
지요."

"잘 알고 있습니다. 아이고, 죄송해요. 제가 갑자기 돈을 쓸
데가 있어서 모아놨던 거를 그냥 홀라당 이 늙은것이 써버렸
어요. 제가 며칠 내로 곧 갖다줄게요. 꼭 드릴게요. 미안해요.

미안해.”

“할머니 사정 딱한 건 아는데요, 월세를 자꾸 안 내시면 나중에 그게 커져서 더 힘드세요. 할머니 벌써 보증금 다 까먹고 계시는데.”

“아유, 꼭 모아서 내겠습니다. 죄송합니다.”

주인아주머니는 그래도 교양 있게 말하고 슬리퍼를 끌며 계단 위로 올라갔다. 할머니는 얼굴이 벌게져 들어왔다. 그런 할머니가 무안할까 봐 창식이는 모른 척 방으로 들어가 책상 앞에 앉았다. 더러운 세상이었다. 있는 자들은 더 부자가 되고 없는 사람은 더 살기 힘든 세상.

할머니는 아무 일 없다는 듯 밥상에 된장찌개며 김치를 올려놓았다.

“자, 먹자. 창식아.”

할머니는 시장에서 파는 싸고 얇은 어묵을 자주 사 왔다. 어묵 넣은 된장국을 먹으며 창식이는 애써 내색하지 않으려 했다. 하나뿐인 손주인 자신을 키우려고 할머니가 얼마나 애쓰는지 알고 있었기 때문이다. 창식이가 밥과 국을 입에 넣는 것을 보면서 할머니는 흐뭇해했다.

"그래, 우리 손주 잘 먹는다. 아이고, 잘 먹고 건강해라. 할머니가 잘해주지 못해서 미안하다."

"미안하다는 말 그만해요, 할머니."

"오냐, 오냐. 어서 먹어라."

어디로 들어가는지 모르게 밥을 먹고 빈 그릇을 싱크대에 넣자 할머니가 말렸다.

"우리 손주 공부해야지. 이런 건 할머니가 할 테니 너는 빨리 들어가서 공부해."

창식이는 말없이 화장실로 들어가 세수하고 이를 닦았다. 하는 김에 샤워까지 해버리면서 창식이는 생각했다. 돌파구가 안 보이는 삶에서 자신이 할 수 있는 일은 그저 빨리 돈을 벌어 할머니를 편안하게 모시는 거라고. 무슨 일을 해야 돈을 벌 수 있을까 고민하느라 몸을 어떻게 닦았는지 모를 정도로 정신이 딴 데 팔렸다.

온몸의 물기를 닦은 뒤 티셔츠를 입고 화장실에서 나온 순간, 창식이는 가슴이 덜컥했다. 어느새 거실에는 주정뱅이 아빠가 들어와서 소파에 앉아 고개를 뒤로 꺾고 있었다. 집 안엔 온통 술 냄새였다.

"창식아, 아빠 왔다."

아빠가 혀 꼬부라진 소리로 말했다. 창식이는 못 들은 척 방으로 들어가려 했다. 그러자 아빠가 버럭 소리를 질렀다.

"너! 할머니 잘 모시고 있는 거냐? 장손이라는 녀석이!"

그 순간 창식이는 폭발하고 말았다.

"아빠는 장손 아냐? 그리고 장손이 다 무슨 소용인데? 우리 거지같이 가난하게 사는 거, 이게 다 아빠 때문이잖아. 나도 대충 알아. 회사에서 아빠한테 무슨 일이 있었는지. 근데, 그게 뭐? 다른 아저씨들은 다 멀쩡하게 회사 잘 다니고 사는데, 아빠만 왜 그래? 그깟 오해 좀 받는 게 억울해? 아빠가 아니라는데 회사에서 안 믿어주니까 그게 슬퍼서 그만뒀어?"

창식이는 엄마와 아빠가 이혼하기 전에 둘이 싸우던 내용을 모두 기억하고 있었다. 자세한 내막은 잘 모르지만, 아빠가 회사의 비리를 신고하자 내부 고발자로 몰려 따돌림을 당했다는 것, 그걸 견디기 힘들었던 아빠가 술을 마시기 시작했고, 결국 회사를 그만두게 되었다는 것을 말이다. 엄마는 정의를 들먹이며 앞뒤 재지 않고 행동하는 아빠를 이전부터 피곤해했다. 결국 그 사건을 계기로 엄마는 창식이와 아빠를 버리고 떠났다. 그리고 그 후로 창식이와 아빠의 일상은 작은 조약돌이 빠져 허물어진 거대한 돌무더기처럼 와르르 무너졌다.

"아빠만 힘들어? 아빠만 정의로워? 그런다고 세상이 바뀌어? 아빠가 그런다고 뭐 영웅이라도 될 줄 알았어? 오히려 아빠 땜에 다 힘들어졌어! 나도 힘들고, 할머니도 힘들어. 집구석을 이렇게 만든 걸로 모자라? 왜 찾아왔어, 왜! 뭐, 할머니 종이 주운 돈 뜯어 가려고? 우리 월세도 못 냈다고!"

"……."

"아빠는 가정파괴범이야, 알아? 할머니하고 나하고 이 꼬라지로 살고 있는데 술이나 먹고!"

"어, 이 자식이!"

비틀거리며 아빠가 다가왔다. 손을 올리는 것을 보니 한 대 칠 모양이었다.

"왜? 치려고?"

덩치가 더 큰 창식이었다. 아빠의 양 팔목을 꽉 잡았다.

"어, 이 새끼가!"

아빠는 양팔이 잡히자 발길질하겠다고 허둥대다 그만 제풀에 비틀거렸다. 할머니가 개서 한구석에 쌓아놓은 이불 더미에 아빠를 와락 밀어버리고 창식이는 돌아섰다.

"에이!"

할머니가 중간에 껴서 울상이 되었다.

"아이고, 왜 그러냐, 정말? 나 죽는 꼴 보려고 그러냐?"

창식이는 화가 나서 더 이상 견딜 수가 없었다. 신발을 꿰어 신고 그대로 집 밖으로 나와버렸다. 쌀쌀한 바람이 휘몰아치는 골목길 가로등 아래 섰다. 이미 초겨울이라서 해는 벌써 지고 밤하늘이 깜깜했다. 가장 쓸쓸한 시기에 가장 만나고 싶지 않은 사람을 만나 이렇게 길바닥에 나오니 기분이 더러웠다. 아빠라는 사람이 영영 세상에서 사라져 버리는 게 차라리 도움이 되겠다는 못된 생각까지 했다.

"아, 더러워! 아빠 같은 인간, 이 세상에서 꺼져버렸으면 좋겠어. 다 꺼져버려!"

그래도 속이 풀리지 않았다. 다 꺼져버리라고 하면 어떻게 될까. 아빠도 할머니도 모두 사라질까? 창식이는 그것보다 자기 자신이 꺼져버리는 게 좋겠다고 생각했다.

'아니, 지긋지긋한 인생 차라리 내가 꺼지고 싶다. 그래, 내가 꺼지면 되겠네.'

창식이는 자기 가슴을 쾅쾅 두들겼다.

"박창식, 꺼져버려! 이 지구에서 사라지라고!"

그 순간 온 세상이 번쩍했다. 창식이는 그만 정신을 잃고 말았다.

# 4

## 또 다른 박창식

"창식아 일어나라! 또 늦잠이냐?"

처음 듣는 낯선 목소리였다. 창식이는 눈을 번쩍 떴다.

"헉!"

퀴퀴한 냄새가 나는 작은 방에 자기가 누워 있는 것이 아닌가. 덮고 있는 이불은 꾀죄죄한 솜이불이었다. 벌떡 일어나 좌우를 둘러보았다. 낮은 좌식 책상에 조그마한 호롱이 얹혀 있었다. 이불은 시렁 위에 쌓여 있었다. 벽에 박힌 나무못에는 옷 몇 벌이 걸렸는데 영화에서나 나올 것 같은 오래되고 낡은 것이었다.

"여긴 어디야? 이게 무슨 일이지?"

그때 창호지 문이 열리더니 낯선 아이가 빡빡머리를 들이밀었다.

"창식아, 어서 일어나. 헉! 너 언제 이렇게 머리가 자랐어?"

그 아이는 창식이의 얼굴을 보고 놀라는 눈치였다.

"머리?"

창식이가 자기 머리를 만져보았다. 머리는 달라진 게 없이 그대로였다. 양옆은 바짝 치고 윗머리는 눈썹 위까지 내려오는 초가집 머리.

"야, 학교 늦었어. 일단 빨리 일어나."

창식이를 깨운 아이는 태도를 보니 창식이와 제법 친한 듯했다. 생긴 건 곱살한 게 부잣집 아이가 분명했다.

"너, 나 알아?"

"너 박창식이잖아. 난 김소월이고."

"어, 맞아……. 근데 여긴 어디야? 나 지금 여기 왜 와 있는 거지?"

"얘가 또 몽유병에 걸렸구나. 또 어딜 갔다 온 거야? 여기 우리 숙모님이 하는 하숙집이잖아."

창식이는 볼을 꼬집어보았다.

"아아!"

아무리 세게 꼬집어도 꿈에서 깨어나지 않았다.

'이, 이게 어떻게 된 거지?'

이번엔 뺨을 때려보았다. 몇 대 있는 힘껏 때렸다. 눈앞에서 불똥이 튀고 별이 보였지만, 아프기만 하고 꿈이 끝나질 않았다.

"야, 이거 꿈 아니야? 나 박창식이야! 오산중학교 삼 학년!"

"그래, 너 박창식 맞아. 오산학교도 맞고. 그나저나 신기하네. 하루 사이에 머리가 저렇게 자란다고? 내가 소설책에서 머리가 하룻밤 만에 하얗게 변했다는 이야기는 읽었는데."

"그게 무슨 소리야?"

창식이는 혹시 실마리라도 얻을까 해서 물었다.

"《몬테크리스토 백작》에 나오잖아."

무슨 말인지 창식이는 알 수 없었다. 하지만 일단 밖으로 나가봐야 할 것 같았다. 코딱지만 한 창호지 문을 열고 허리를 숙여 밖으로 나가려는 순간, 눈앞에 또 불똥이 튀었다.

쿵.

"악!"

백팔십 센티미터가 넘는 덩치의 창식이 그 좁은 문으로 빠져나가다 머리를 박는 어처구니없는 상황이 벌어졌다.

"너 오늘 안 하던 짓 많이 한다."

밖으로 나와 대청마루에 올라가니 머리를 빡빡 깎은 창식이 또래 아이들 몇이 각자 개다리소반을 하나씩 앞에 두고 밥을 먹고 있었다. 창식이 몫의 개다리소반에는 보리밥과 시래기 된장국이 놓여 있었다. 부엌에서 부지런히 반찬을 만들어 내오는 머릿수건 쓴 아낙이 소월이의 숙모인 것 같았다. 아무리 봐도 갑자기 영화 세트장에 던져진 것만 같았다.

"빨리 먹어! 학교 가야지."

"맞아. 늦으면 큰일 나. 오늘 교장 선생님 훈화가 있어."

빡빡머리들은 누가 쫓아오기라도 하는 것처럼 밥상에 얼굴을 묻다시피 하고는 밥을 입에 넣었다.

"여기 진짜 어디냐?"

"오늘따라 진짜 이상하네. 아까 말했잖아. 여기는 우리 숙모네 하숙집이라고!"

"아니, 그게 아니라 지역이 어디냐고."

"정주지 어디야? 여기 평안도잖아."

"평안도면…… 부, 북한?"

창식이는 기절초풍할 지경이었다.

"미치겠네! 나 여기 있으면 안 돼. 그나저나 지금 몇 년도야? 아무리 북한이라도 이렇게 옛날 모습으로 살 리는 없고."

"지금? 소화 3년이잖아."

"소화? 그럼, 지금 몇 년인 거야?"

소화가 일제강점기에 쓰던 연호라는 것쯤은 아는 창식이었다. 그러나 소화 3년이 1928년인 것은 몰랐다.

"어떻게 된 일이야?"

창식이는 펄쩍 뛰었다.

"야, 큰 소리 내지 마. 일본 순사 온다."

그렇지만 창식이는 이 말도 안 되는 상황에 정신이 나갈 것만 같았다. 온몸을 만져보았지만 생생한 현실이었다. 밥 먹던 아이들은 이제 창식이를 쳐다보지도 않았다. 원래 이렇게 오락가락하는 이상한 아이인 줄 알았던 것처럼 말이다.

"여기가 북한인 것도 모자라 지금이 일제강점기라고? 난 그냥 오산중학교 박창식이란 말이야. 여기 있을 사람이 아니라고!"

"누가 뭐래? 우리도 오산학교 다녀."

창식이를 무시하고 밥을 먹은 애들은 하나둘씩 일어나 개다리소반을 들어다 부엌에 건네주었다. 그러고는 마당에 있는 놋으로 만든 누런 세숫대야에 물을 받아 세수하면서 학교 갈 준비를 했다.

그때 창식이의 배에서 꼬르륵 소리가 났다. 뭐라도 먹어야만 했다. 창식이는 할 수 없이 꽁보리밥을 된장국에 적셔 입에 넣었다. 거친 꽁보리밥을 된장국에 말아 순식간에 먹고 일어나자 소월이가 말했다.

"빨리 가자. 방에서 얼른 교복 입고 나와."

창식이는 방으로 다시 들어가다 또 이마를 박았다.

"윽!"

창식이 머리에 벌써 혹이 두 개나 생겼다. 교복이라고 했는데, 방엔 한복 비슷한 것에 금 단추가 달린 옷이 있었다. 입어 보니 신기하게도 몸에 딱 맞았다. 대충 입고 책이 들어 있는 보따리를 들고 밖으로 나왔다. 책보를 들고 다녔다는 말을 옛날에 들은 적이 있었지만, 자신이 그 신세가 될 줄은 꿈에도 몰랐다. 나와 보니 아이들이 모두 마당에 나란히 서 있었다. 다 같이 줄 맞춰 학교에 가야 한다는 것이었다.

"창식이 나왔으니 이제 가자."

소월이가 말하자 아이들은 문밖으로 나섰다. 창식이는 행렬을 뒤따라가면서 아이들에게 또 말을 걸었다.

"야, 나 진짜 여기 있으면 안 돼."

그때 소월이가 단호하게 말했다.

"그만해 창식아. 빨리 학교 가야지."

창식이는 입을 다물고 생각했다. 이 모든 것은 꿈이 아니고 현실이었다. 공기도 풍경도 모두 낯선 이곳에 자신이 왜 오게 됐는지 알 수 없었다.

"여기가 정말 북한 정주 맞아?"

"몇 번을 물어봐. 여기 정주라고, 정주! 그래, 저기 우리 학교 잖아. 그리고 북한은 또 뭐야?"

저 멀리 언덕 위로 건물이 보였다. 그 학교를 향해 골목골목에서 학생들이 행진해 가는 모습이 눈에 보였다. 잠시 둘러보니 학교를 중심으로 제법 큰 도시가 형성되어 있었다. 병원도 있고 우체국도 있었다.

"영화, 아니 세트장 같아."

"세트는 또 뭐냐?"

옆에서 걷던 친구가 물었다. 더 말해 봐야 정신이상자 취급을 받을 것 같아 창식이는 입을 다물었다.

# 5

## 조회

아이들이 이끄는 대로 학교에 들어가 보니 소월이와 창식이
는 같은 반이었다. 삐걱거리는 마룻바닥 복도를 지나 어둑어
둑한 교실 문을 열고 들어가 자리 잡고 앉자, 남으로 난 창 동
쪽 귀퉁이로 햇살이 들어왔다.

"학생 제군들, 모두 운동장으로 집결하라!"

상급생들이 복도를 지나가며 조회를 알리고 다녔다. 현대에
선 거의 사라진 학교 조회가 있었다.

"제군들은 모두 바깥으로 나와라!"

학생들은 모두 호출되어 바깥으로 나갔다. 창식이는 아직도
이 상황을 도무지 이해할 수 없었다. 하지만 일단 상황의 흐름

에 따르기로 했다. 이윽고 조회가 시작되자 학생들이 교가를
제창했다.

*네 눈이 밝구나 엑스빛 같다*
*하늘을 꿰뚫고 땅을 들추며*
*온가지 진리를 캐고 말련다*
*네가 참 다섯 뫼의 아이로구나*

교가 제창이 끝나자 머리를 빡빡 깎은 안경 쓴 노인이 단상
위로 올라갔다.
"저분 누구냐?"
"교장 선생님이잖아. 남강 이승훈 선생님."
"이승훈."
이 이름은 현대의 오산중학교에서도 익숙하게 들은 이름이
었다. 학교의 설립자인 이승훈은 3·1 운동의 33인 민족 대표
였다. 창식이가 다니는 오산중학교는 일제강점기에 정주에서
개교한 명문 학교였다. 그리고 6·25 이후 남하해서 용산에 자
리 잡았다. 이런 사실 정도는 창식이도 귀에 못이 박히도록 들

었다.

"학생 여러분, 오늘은 어떤 날이오? 우리가 새롭게 민족의 독립을 위해 다시 태어나는 날이오. 그러면 어제는 어떤 날이오? 우리가 민족의 독립을 위해 태어났던 날이오! 내일은 어떤 날이오? 내일은 우리가 조선의 독립을 위해 다시 태어날 날이오. 우리 오산학교는 우리 민족의 독립을 위해 내가 설립한 학교입니다. 전 재산을 이 학교에 바친 이유는 하나도 독립, 둘도 독립, 셋도 독립이오. 그러니 여러분은 매일 열심히 노력해야 합니다."

교장 선생님의 옛날식 말투를 듣느라 창식이는 턱을 들고 앞을 주시했다. 한참을 학생들을 둘러보며 얘기하던 교장 선생님이 갑자기 말을 멈췄다. 고개를 숙이거나 딴생각하던 학생들도 연설이 끊기자 고개를 들었다.

"거기 머리 긴 학생 누구요?"

창식이는 깜짝 놀랐다. 교장 선생님이 자기를 바라보았기 때문이다.

"예? 저요?"

"그렇소! 거기 있는 학생. 머리가 왜 그리 깁니까?"

창식이는 교장 선생님이 자기 머리카락 상태를 지적할 줄은 꿈에도 몰랐다.

"원래 이런데요?"

"조선의 학생들은 머리를 잘라야 합니다. 위생에 철저해야 하는 것입니다. 머리를 당장 깎으시오."

"아, 알겠습니다."

여기서 반발하거나 튀는 행동을 해봐야 좋을 게 없을 것 같았다.

"여러분이 열심히 공부하는 것은 자신만을 위한 것이 아닙니다. 가정을 위하고 이 사회를 위한 것이며, 조선의 미래를 위한 것입니다."

연설이 다시 이어질 동안 창식이가 옆에 있는 소월이에게 물었다.

"참나, 왜 머리 가지고 그러냐?"

"아까 아침에 내가 이상하다고 했잖아. 하루 사이에 머리가 그렇게 자라버린 게."

"내 얼굴은 그대로야?"

"응. 좀 하얘지긴 했지만, 박창식 맞잖아."

둘은 소곤소곤 이야기를 이어나갔다.

"교장 선생님은 왜 저렇게 길게 잔소리하냐? 하여간 교장 선생님들이란……. 그냥 무게 잡고 가만히 앉아 있지."

"남강 선생님은 그러지 않아. 학교 곳곳을 돌아다니면서 잘못된 것이나 고칠 게 있으면, 가서 손수 고치셔."

그 말을 들었는지 옆 반의 키 크고 잘생긴 학생 하나가 파란 눈빛으로 끼어들었다.

"지난겨울에는 변소에 똥이 쌓여 얼어붙어 있으니까 도끼로 그 똥을 다 부숴서 가루로 만드셨잖아."

"뭐라고?"

창식이가 놀라자 소월이가 설명했다.

"추워서 똥을 안 치우니까 남강 선생님이 직접 나선 거지. 작년에 그 얘기 꽤 유명했는데 못 들었어?"

"아니 잠깐만, 그럼 화장실이 푸세식이란 말이야?"

"화장실? 푸세식? 그게 무슨 소리야?"

창식이는 아차 싶었다. 그런 현대어를 이 녀석들이 알 리가 없었다.

"아냐, 그런 게 있어. 그나저나 저 키 큰 애는 누구야?"

소월이는 보지도 않고 말했다.

"나처럼 시 쓰는 친구야. 백석."

창식이는 백석이라는 말에 온몸이 얼어붙었다. 교과서에서 본 잘생긴 모던 보이 백석이 눈앞에 있다니.

그사이에도 이승훈 선생님의 연설은 계속되었다.

"도산 안창호 선생을 두 번이나 만나서 상의한 뒤 이 학교를 설립했고, 여러분과 같은 인재들을 키우기 위해서 노력하고 있단 말입니다."

이승훈 교장 선생님의 일장 연설이 끝나자 학생들은 몇 가지 주의사항을 듣고 나서 모두 교실로 돌아갔다. 옆에 있는 소월이가 창식이에게 말했다.

"오늘은 교습 시간에 졸지 마."

"뭐? 내가?"

"그래, 너 맨날 졸잖아."

그제야 창식이는 조금은 이해가 되었다. 어쩌다 자신이 과거로 왔는지 모르지만, 이곳에 자신과 같은 창식이가 있었던 것은 분명했다. 무슨 일인지 몰라도 〈점퍼〉라는 영화에서 본 것처럼 과거의 창식이는 현재로 가고, 현재의 창식이가 과거로 온 것 같았다.

'내가 점퍼가 되었다고? 이게 말이 돼? 어떡하지? 아냐, 일단 어떻게 돌아가는지 지켜보자. 그러니까 이 학교가 바로 그 독립운동으로 유명한 오산학교라는 거지? 우리 오산학교가 원래 북한에 뿌리가 있다더니 바로 내가 거기로 온 거네.'

기분은 묘했지만, 지금은 그런 걸 따질 때가 아니었다. 일제 강점기, 게다가 북한이라니. 하루라도 빨리 현대로 돌아가야 한다. 창식이는 먼저 어떻게 과거로 오게 되었는지 곰곰이 돌이켜 보았다. 그리고 약간 황당한 결론을 내렸다.

'내가 한 말 중에 뭔가 이상한 주문이 있었나 봐. 영화에서 보면 이상한 조건에서 과거로 여행을 가잖아.'

수업이 다 끝나고 창식이는 혼자 학교 뒷산을 찾았다. 거기서 다시 제자리로 돌아가기 위해 생각해 둔 방법을 모두 시도했다.

'내가 꺼지고 싶다고 외치다가 과거로 넘어온 거니까 다시 꺼지고 싶다고 말하면 원래대로 돌아갈 수 있겠지?'

"후! 박창식 꺼져버려! 이 지구에서 꺼져버리라고! 꺼져! 꺼져! 꺼져!"

목이 아프도록 소리를 지르고 영화에서 본 것처럼 뛰고 굴러도 봤지만 소용없었다. 한참을 발악하던 창식이는 지쳐서 자리에 털썩 주저앉았다. 그러자 그날 밤, 갑자기 돌아와 집을 뒤집어 놓은 아빠와 다퉜던 게 떠올랐다.

'잠깐, 혹시 감정도 필요한가? 그때 아빠가 미웠는데…….'

엉뚱하게도 생각은 다시 아빠를 향한 원망으로 흘렀다.

'아니, 생각해 보면 이것도 결국 아빠 때문 아니야? 하여튼 내 인생에 도움이 안 돼요.'

미웠다. 개차반 같은 아빠도 그런 아빠를 매번 받아주는 할머니도…….

할머니 생각에 잠깐 울컥한 창식이는 그 이상의 생각은 멈추고 벌렁 누웠다.

'에라 모르겠다.'

티 없이 맑은 하늘이 보였다. 가족도 친구들도 없는 이곳에서 잘 지낼 수 있을까? 창식이는 잠깐 눈을 감았다.


그 뒤 오산학교 아이들 사이에 소문이 퍼졌다.

"박창식 군 이상해진 거 아냐?"

"해괴한 소리를 한다며?"

"뒷산 올라가서 발광하더라!"

그새 누가 본 거였다. 창식이가 이상하다는 말이 퍼지고 있었지만, 정작 본인은 소문을 알지 못하고 시간만 흘렀다.

# 6

## 부정과 분노

보름 정도 시간이 지났다. 창식이는 끊임없이 부정과 분노
사이에서 감정이 널뛰기하고 있었다. 어느새 다른 아이들처럼
머리도 빡빡 밀었다. 튀는 건 용납하지 않는 오산학교의 분위
기 때문이었다.

'이건 꿈일 거야. 아주 지독한 꿈일 거야. 옛날이야기를 보면
평생을 살다가 깨 보니 꿈이었다는 내용도 있잖아. 언젠가는
깨어날 거야. 이럴 리가 없다고.'

창식이는 자기에게 주어진 현실을 계속 부정했다. 그러나 아
무리 부정해도 꿈은 깨지 않았다. 매일매일 초가집 단칸방에서
똑같이 일어나야 했다. 똑같이 거친 보리밥이나 감자, 고구마에

시래깃국 같은 거친 음식을 먹고 학교에 가야 했다. 그리고 문제를 일으키지 않으려고 애쓰며 지냈다. 말로만 듣던 일본 순사들이 간혹 거드름 피우며 거리를 오가는 걸 봤기 때문이다.

'이건 마치 중국 공안 같잖아.'

창식이가 어렸을 때, 그러니까 엄마 아빠가 이혼하기 전, 중국에 간 적이 있다. 거기서 창식이는 거리에서 말다툼하며 웃통 벗고 싸우는 중국인들을 보았다. 사람들은 둘러서서 구경만 하고 말리지 못했는데, 갑자기 공안 차가 오자 싸우던 자들이 바로 꼬리를 내렸다. 공안은 오자마자 소란을 일으킨 자들의 귀싸대기를 갈겼다. 그걸로 거짓말처럼 상황 종료였다. 구경꾼은 흩어졌고 살기등등하던 당사자들은 쩔쩔매며 아스팔트 바닥에 꿇어앉아 꼼짝 못 했다.

이런 일상이 이어지자 슬슬 분노가 치밀었다.

'내가 왜 이런 곳에 온 거야? 도대체 이게 어떻게 된 거냐고? 미쳐버리겠네.'

화가 날 때면 신작로의 돌멩이를 걷어차곤 했다. 그러나 돌멩이를 걷어차면 자기 발만 아프다는 사실을 뼈아프게 깨달을 뿐이었다. 그래도 시간이 좀 흘러서인지 창식이는 조금씩 주변을 둘러보게 되었다.

학교의 명성 때문인지 오산학교에는 먼 곳에서부터 찾아온 많은 학생이 모여 있었다. 가만 보니 정주는 평안도의 인재들이 공부하러 몰려오면서 형성된 교육도시였다. 기와지붕이긴 하지만 현대식으로 길게 내어 지은 기숙사 건물도 있었다. 기숙사는 방마다 마루 밑에 있는 아궁이에다 장작을 때서 난방했다.

"정말 불편하구나."

기숙사에 머무는 학생들도 있지만 창식이는 소월이 숙모네 하숙집에서 지내고 있었다. 소월이와 가장 빨리 친해질 수밖에 없는 상황이다. 그나마 시간 날 때 대화를 나눌 친구도 소월이뿐이었다.

"야, 소월아, 내가 신기한 이야기 하나 해줄까? 나중에 이 오산학교가 서울에 다시 생길 거야. 그러니까 경성 말이야. 나는 사실 그 학교에 다녀."

"창식이 너는 정말 상상력이 대단하다."

"상상이 아니야. 내 말대로 된다니까."

"창식아, 네가 어쩌다 갑자기 이상한 애가 됐는지 모르겠는데, 그런 이상한 생각이나 상상력은 정말 멋진 거 같아."

"뭐가 멋져? 사실이야. 나는 미래에서 왔다고."

소월이는 그래도 차분하게 창식이의 이야기를 들어주었다.

"그래, 좋아. 미래는 어떤 곳인데? 이야기해 봐."

"이렇게 답답할 수가……. 미래에는 사람들이 모두 핸드폰을 들고 다녀. 핸드폰 안에서 모든 정보가 다 나와."

"핸드폰? 그게 뭔데?"

"아 그게…… 전화기 있잖아? 전화기."

"아, 교무실에 있는 거 말하는 거지? 가끔 선생님들이 경성에 전화할 때 쓰던데. 귀랑 입에 이렇게 대고 말이야. 모시모시! 하면서."

"아, 여기는 참 그런 전화기 쓰지. 암튼 그 전화기가 나중에는 요만해져서 화면을 터치하면 전화가 걸려. 그리고……."

"화면을 터치해? 무슨 소린지 모르겠다."

"아이고, 답답해. 그러면 컴퓨터도 모르겠네."

"컴퓨터? 어느 나라 말이니?"

순간 창식이는 다시 깨달았다. 지금은 소화 3년이라는 사실을.

"말을 말자, 말을 마."

창식이는 자기가 미래에서 왔다는 사실을 몇 번이고 설명하려 애썼지만, 소월이는 전혀 이해하지 못했다.

"그럼 너는 몇 년도에서 온 건데?"

"나? 2024년에서 왔지."

"2024년? 그게 소화로 몇 년이냐?"

"야, 내가 어떻게 아냐? 그나저나 정말 학교에서 배우던 대로 소화라는 말을 쓰는구나. 식민지에 사는 게 실감 난다. 근데 우리 나중에 독립하……."

"쉿, 조용히 해."

소월이가 갑자기 창식이의 말을 막았다.

"왜?"

"식민지나 독립 같은 거 말하면 안 돼. 일본 순사나 고스카이(앞잡이)들이 곳곳에 있어서 우리를 감시한다고. 그렇지 않아도 오산학교 학생이라면 더 도끼눈을 뜨고 본단 말이야. 자칫 잘못해 잡혀가기라도 하면 어떻게 되는지 몰라? 그러니까 조심해."

소월이는 마음씨가 착하고 심성이 고운 아이였다. 그래서 항상 말 없이 조용했다. 하지만 일본 이야기가 나올 땐 달랐다.

창식이가 조심성 없이 식민지니, 독립이니 이야기를 해댈 때면, 소월이는 굳은 표정으로 주의를 줬다. 소월이의 낯선 모습에 왠지 머쓱해진 창식이가 화제를 돌렸다.

"흠흠, 그나저나 너는 김억 선생님하고 친한 것 같더라."

소월이는 시간만 나면 김억 선생님과 붙어 뭔가를 속닥거렸다.

"김억 선생님이 시인이시잖아. 그래서 내가 쓴 시를 자주 봐 주셔."

순간 창식이는 등골이 오싹했다. 이 아이가 현대의 오산중에서 늘 자랑하는 김소월 시인이라는 사실을 문득 깨달았기 때문이다.

"대박. 진짜 니가 그 김소월이라고? 네가 쓴 시 좀 보여줘 봐."

"응? 아직 남에게 보여줄 정도는 아닌데."

창식이는 고개를 끄덕였다. 자기도 그림을 좀 그리지만, 미술부에서 들어오란다고 바로 들어가긴 싫은 마음을 잘 알기 때문이다.

"그래도 보고 싶어. 네 옛날 시. 처음부터 잘 썼으려나?"

"옛날 시? 그게 무슨 말이야?"

"아, 아니. 그냥 습작들 궁금하다고. 나한테 꼭 보여줘야 한다?"

"응, 나중에 보여줄게."

저녁밥을 하숙집에서 먹고 나면 소월이는 뒷짐 지고 산책을 즐겼다. 뒷동산에 올라가 거리를 자주 내려다봤다. 사실 소월이는 좋아하는 여학생이 있다고 했다. 고향인 영변에서 그 여학생을 좋아했는데, 오산학교로 오는 바람에 못 만나게 된 것이었다. 그날도 해 지는 저녁, 두 아이가 동네를 돌아다녔다. 이번엔 소월이가 물었다.

"그래, 네가 미래에서 왔다니까 물어볼게. 미래에는 뭐 해서 먹고사니?"

그 눈빛에 믿음은 전혀 없었다. 그냥 맘대로 실컷 말해보라는 식이었다. 일종의 심심풀이지만, 창식이는 기회는 이때다 싶었다.

"응. 좋은 질문이야. 미래에는 자동차, 반도체, 컴퓨터 이런 걸 만들어 팔아서 먹고살지."

"조선이 자동차를 만들어?"

"응, 조선이 아니라 대한민국이야."

"대한제국?"

"아니 거기서 '대한'만 따온 거야. 미래에 우리나라는 자동차 강국이야. 컴퓨터랑 IT 강국이기도 하고. 거기에다가 케이팝까지……."

"무슨 말인지 이해하지 못하겠어. 상상이 안 돼."

"그래. 네가 이해하기 어렵지."

창식이는 미래를 푹 떠다가 보여주고 싶었다. 하지만 불가능한 일이다.

"에휴, 내가 어쩌다 점퍼가 되어서 여기까지 와 이러는지 모르겠다."

전에는 그렇게도 싫었던, 가난하고 지긋지긋했던 서울 생활이 그립다니. 창식이는 기분이 묘했다. 돈벼락 맞게 해달라고 소원을 빌거나 엄마 아빠가 이혼하지 않게 해달라고 간절히 바랄 땐 아무 일도 일어나지 않았으면서, 이 세상에서 꺼지고 싶다고 말했다가 시간을 뛰어넘게 된 것이 어이없기도 했다.

"언제까지 여기 있어야 하는 거냐, 정말……."

서울과는 너무도 다른 정주의 풍경을 바라보며 창식이는 작게 한숨을 내쉬었다.

# 7

## 쓸데없는 예술 활동

"교과서가 이게 뭐야?"

수학 시간에 창식이는 한숨이 나왔다. 마분지처럼 거친 종이로 만든 수학 교과서를 펼쳐놓고 공부하려니 어이가 없었다. 내용도 교묘하게 일본에 종속된 조선의 현실을 인지하게끔 되어 있었다. 그 교과서는 조선총독부가 발행한 것이었다.

'학생들을 아주 어릴 때부터 가스라이팅하는 거잖아.'

반감이 든 창식이는 교과서 한쪽 구석에 만화를 그렸다. 잉크를 찍은 철필로 거친 종이에 그림을 그리는 거였지만 날카로운 선에 힘을 주면 굵어지는 터치감이 제법 나쁘지 않았다.

'느낌은 좋은데?'

옆에 있던 영철이가 흘끗 보고는 그림에 관심을 보였다.

"와! 너 그림 잘 그린다."

"아무것도 아냐. 심심해서 끄적거리는 거야."

처음엔 익숙하지 않아 잉크가 번지고 철필을 다룰 줄 몰랐는데, 서서히 익숙해지자 병에 든 잉크를 찍어서 종이에 그림을 그리는 것이 나쁘지 않았다. 그야말로 레트로 감성이 있었던 거다. 오산학교 풍경도 그리고 잉크병도 그리고 소월이와 친한 친구들 얼굴도 그렸다.

쉬는 시간에 소월이는 창식이가 자기 얼굴 그린 것을 보고 깜짝 놀랐다.

"아니, 창식이. 너 그림 잘 그리는구나? 이전에도 그림 그리는 줄은 알고 있었는데 이 정도일 줄은 몰랐어! 한 번도 보여준 적이 없어서."

"잘 그리긴 뭐, 심심풀이로 그리는 건데."

어딜 가나 자기 그림에 관심을 보이는 아이들이 있었으니 새삼스러울 것도 없었다.

"패드가 있었으면 제대로 실력 발휘하는 건데 말이야. 아이패드가 같이 왔어야 하는 건데."

창식이는 집에 두고 온 패드가 그리워졌다. 시간 이동을 하면서 알몸만 왔기 때문이다.

"그나저나 소월이 너는 시 언제 보여줄 거야? 요즘 잘 안 써져?"

"시는 쓴다기보다 오는 거야. 갑자기 가슴이 뿌듯해지면서 하고픈 말이 쏟아져 나와."

"그래? 시 쓸 소재가 많이 있나?"

"소재? 소재라기보단 마음을 울리는 옛날이야기를 많이 알아."

그러면서 소월이는 자기 어린 시절 이야기를 해줬다.

"나는 어머니가 일찍 돌아가셨어. 그리고 아버지는…… 일본 순사 때문에……."

창식이는 소월이의 이야기를 듣고 소월이 아버지가 일본 경찰에 잡혀가 고문당한 일이 있다는 걸 알게 됐다. 그 고문의 충격으로 정상적인 생활이 어려워졌다고 했다. 이어 아버지가 사망한 뒤 겪은 엄청난 고통까지 털어놨다.

"아픔을 극복하지 못하고 방에만 숨어 있는 아버지를 보기가 싫었어. 그러면 안 되는 거 알면서도 그렇게 되더라고. 물론 그런 아버지가 안쓰럽기도 했고. 그래서 마음이 항상 복잡했어."

"아……."

창식이는 가슴이 서늘해졌다. 자신과 비슷한 아픔을 소월이도 겪은 거다. 공감의 말이 자신도 모르게 나왔다.

"그랬구나. 사실 나도 엄마랑 아빠가 이혼했어. 아빠는 집을 나갔고, 할머니랑 둘이 살아. 물론 여기에 오기 전까지 말이야."

"이혼?"

"어, 아빠가 맨날 술을 마셨거든. 듣기로는 회사의 비리를 외부에 알렸다가 집단 괴롭힘을 당했다나……. 그래서 회사도 그만두고 술만 마셨어. 그 모습을 못 참고 엄마가 이혼을 요구한 거고."

소월이가 창식이를 물끄러미 바라보았다.

"아무튼, 나도 이젠 지쳤어. 아빠 보기도 싫어. 이해도 안 되고. 뭐 하려고 회사 비리를 말해? 그래서 사회가 정의로워진 것도 아니잖아. 뭐, 넌 안 믿겠지만 내가 이렇게 과거로 오기 전에도 아빠랑 한바탕하고 왔거든."

창식이는 괜히 더 오버해서 아빠에 대한 감정을 털어놓았다. 자기와 처지가 비슷한 소월이 앞이라 더 그런 듯했다.

"창식아, 난 아버지 이해해……. 여기 오산학교에 와서 지내다 보니까 조금씩 이해가 돼."

소월이가 말했다.

"어? 어……. 그래, 너네 아버지는 나도 이해가 된다. 얼마나 억울하고 힘드셨겠어. 고문은 무서운 거잖아. 일본 경찰들이 얼마나 잔인하게 사람을 고문했는지 내가 서대문형무소 가서 봤거든."

"창식이 네가 서대문형무소에 끌려갔었다고?"

"아니, 그게 아니고……."

창식이는 체험학습으로 다녀왔다고 설명하려다 입을 닫았다. 그러면 처음부터 끝까지 다 말해야 하기 때문이다. 말한다고 믿을 리도 없었다.

"아휴, 됐다. 아무튼 이제 심각한 이야기 그만할래."

창식이가 화제를 돌리려는데 소월이가 말했다.

"너네 아버지도 많이 힘드셨을 거야. 꼭 고문이 아니더라도, 회사 안에서 모두에게 미움받고, 사실이 아닌 일 때문에 오해 받은 거 말이야. 고문이든 미움이든 그 고통이 언제 끝날지 모르고, 언젠가는 끝날 거란 희망도 없어서 더 힘든 게 아닐까. 그 두려움에 우리 아버지들이 무너진 거라고 생각해."

"……."

"이제는 돌아가셔서 직접 말씀드리진 못하겠지만, 언젠가 아버지를 다시 만나게 된다면 괜찮다고, 많이 두렵지 않았냐고 위로해 주고 싶어. 그러니 창식이 너도 아버지를 너무 미워하지 않았으면 좋겠어. 네 마음도 힘들 거 아냐."

"됐어. 내가 알아서 해."

소월이의 말을 자른 창식이가 물었다.

"야! 분위기 어쩔 거냐? 뭐 재밌는 이야기 없어?"

소월이는 약간 머쓱해하다가 다시 입을 열었다.

"그러면 이번엔 말 끊지 말고 들어야 해."

소월이의 말에 창식이가 고개를 끄덕였다.

"우리 숙모님은 타고난 이야기꾼이셔. 내가 우울해 보이면 그럴 때마다 나한테 이야기를 많이 해주셨지."

"무슨 이야기?"

"옛날이야기. 숙모님이 그 이야기를 해주실 때마다 듣고 있으면 외로움도 잊혔단다."

"그랬구나."

소월이는 자신이 들은 이야기를 해주었다.

"백두산에 살던 가난한 부부에게 아이가 태어났는데, 글쎄 큰일이 난 거야."

"무슨 큰일?"

"탯줄이 안 잘려. 칼이나 가위로 아무리 자르려 해도 탯줄이 안 잘려."

"그래서?"

"그때 어느 할머니가 지나가다가 그 상황을 보고 본인이 잘라보겠다고 나섰어. 아무 걱정하지 말라는 거야. 그러더니 아기는 안 구해주고 갑자기 물가로 가서 뭔가를 가져왔어."

"그게 뭔데?"

"억새. 억새를 꺾어 온 거야. 이걸로 뭘 했냐 하면⋯⋯."

그 억새로 탯줄을 자른 아이가 우투리다. 우투리의 겨드랑이에는 날개가 있었다. 날아오르는 능력을 보여주자 부모는 두려워했다. 우투리는 새 나라를 만들기 위해 콩, 팥 등의 곡식을 가지고 바위 속에 들어가 수련하였다.

이때 실력자 이성계는 왕이 되기 위하여 산신들에게 제사를 지내려고 팔도를 돌아다녔다. 그때 산신들은 이성계가 왕이 되는 것을 찬성하였는데, 지리산 산신만 우투리가 왕이 되어야 한다고 주장했다. 이 사실을 알게 된 이성계는 우투리를 죽이려고 군사를 보냈다. 용마를 타고 막 의병을 일으키려던 우투리는 어리석은 어머니 때문에 결국 이성계의 군사들에게 죽고 말았다.

숙모에게 들었다는 이야기를 맛깔나게 하는 소월이를 보며 창식이는 재밌다는 듯 고개를 끄덕였다. 그런 창식이를 물끄러미 보던 소월이가 말했다.

"창식이 너 옛날에는 나랑 안 친했는데, 요즘 좀 이상해지고 나랑 친해진 것 같다."

"그래? 뭐가 달라?"

"미래에서 왔다는 박창식은 나랑 대화가 돼."

과거의 창식이가 어디로 갔는지는 모르지만, 아마 소월이랑 잘 맞지 않았던 모양이다.

"이창진이 어디 있나?"

그때 갑자기 학교가 소란스러워졌다. 창식이와 소월이는 동시에 고개를 돌렸다. 일본 경찰이 들이닥친 것이다. 다짜고짜 누군가의 이름을 부르며 교사들을 다그쳤다.

"이창진이라는 이름이 맞습니까?"

"맞아. 이창진! 주재소로 가야 하니 당장 나와라!"

일본 경찰은 딱딱한 목소리로 외쳤다.

"우리 학교에 이창진은 없소이다."

"그럴 리가 없다. 학생 명부 가지고 와라."

그렇게 이유를 알 수 없는 소동을 벌이고 학생 명부에 이창진이라는 이름이 없다는 걸 꼼꼼히 확인한 후 경찰들은 물러갔다.

"우리 학교에 이창진이 있어?"

"없어. 뭔가 잘못 알고 온 걸 거야. 아니면 이창진이라는 가짜 오산학교 학생을 만들어서 우리를 감시하려는 거지."

소월이의 말이 맞았다. 이번에는 큰 소동 없이 물러났지만, 이전에도 별것 아닌 이유로 경찰이 불시에 학교에 오는 일은 자주 있었다고 했다. 오산학교는 민족 학교라는 이유로 일본의 갖은 견제와 감시를 받았던 것이다.

"일본 경찰이 이유 없이 오는 걸 알면서도 번번이 맞서지 못하는 현실이 너무 답답해."

창식이도 답답해하는 소월이의 마음을 조금은 이해할 수 있었다.

"그럼 몸을 키우고 근육을 강화해서 독립 투쟁을 하면 되잖아."

소월이가 갑자기 창식이의 입을 막았다.

"들리겠어. 내가 전에도 말했잖아, 독립 투쟁이란 그런 말 하면 큰일 난다니까?"

소월이의 말에 자기도 모르게 답답해지는 창식이었다. 식민지가 된다는 건 이런 느낌이었다. 누군가가 감시하고 억누르며 잘못하면 크게 경을 칠 것 같은 그런 느낌.

목소리를 낮춘 창식이가 말했다.

"아무튼 온 국민이 똘똘 뭉쳐서 들고 일어나면 일본 놈들 쫓아낼 수 있어. 미래에는 한국이 독립해서 일본하고 막상막하로 경쟁하는 강대국이 된다고."

"그게 정말이니? 상상이지만 듣기만 해도 가슴이 뿌듯하다."

"상상이 아니라니까. 시, 예술 뭐 그런 것도 좋지만 독립에 무력만큼 중요한 건 없지. 아니, 독립에 실용적인 힘 말고 도움된 게 또 있었나? 나중에 한국은 전 세계에서 군사력이 5위야."

"……."

소월이는 아무 말도 하지 않았다.

# 8

## 원족

창식이는 소월이랑 하숙집의 몇몇 아이들과 함께 가볍게 길
을 나섰다. 정주 성벽은 멀지 않았다. 아이들은 하숙집에서 소
월이 숙모가 싸준 주먹밥을 도시락에 담고 책보로 감싸 허리
에 질끈 동여맸다. 전쟁이라도 나가는 것처럼 정강이에는 각
반까지 치고 있었다.

"야, 소풍 가는데 뭐 이렇게 준비를 철저히 하냐?"

"원족이라니까?"

"아, 원족."

창식이는 소월이와 말이 서로 다르다는 것을 거듭 확인했다.
이들이 이렇게 주말의 소풍을 꾸미게 된 건 어제 하굣길에 본

풍경 때문이었다.

토요일 오전 수업을 마친 뒤 오산학교 아이들은 각자 뿔뿔이 흩어졌다. 학교 밖에 사는 아이들은 모두 교문을 나섰다. 주말을 맞아 고향 집으로 가는 기차를 타기 위해 정주역으로 가는 아이들도 있었지만, 소월이와 창식이는 하숙집으로 향했다. 창식이는 달리 갈 곳이 없었기 때문이다. 하숙집으로 가는 길에 저 멀리 보이는 성벽 위로 사람들이 희끗희끗 움직이는 것이 보였다.

"저기 있는 사람들은 뭐 하는 거야?"

"원족 나온 사람들이야. 이 근방에서는 정주성으로 원족 많이 오거든."

창식이는 정주성에 관심이 생겼다.

"저 성은 언제부터 있던 거야?"

"오래전부터 있었어. 홍경래가 반역을 일으켰다가 이 성에서 죽임을 당했잖아. 그때부터 우리 서북 사람들은 설움에 못 이겨 항상 비분강개하고 있단다. 언젠간 서북 사람들이 활개를 펼 날이 오기를 기다려 보는 거지."

홍경래는 평안도 출신으로, 양반 사회의 부패와 불평등에 대해 불만을 품고 있었다. 그는 상업과 광산업으로 재산을 모았지만, 아무리 돈이 많아도 사회적 차별과 억압에서는 벗어날 수 없었다. 1811년, 홍경래는 빈민과 소외된 이들을 모아 반란을 계획했다. 그의 구호는 이거였다.

"불평등한 세상을 바로잡자!"

이 주장에 공감한 반란군과 함께 홍경래는 여러 성을 점령했으나, 결국 관군의 반격에 밀려 피신해야만 했다. 관군의 대대적인 진압 작전이 시작되면서 반란군의 힘은 점차 약화하였다. 최후의 순간, 홍경래는 결국 정주성에서 체포되어 처형되고 말았다. 그의 난은 이렇게 실패로 끝났다. 하지만 조선 후기의 사회적 모순을 드러낸 중요한 사건으로 지금까지 기억되고 있다.

"그래서 이곳 정주 사람들이 모두 다 얼굴이 어두웠구나."

"그렇게 봐서 그렇지, 다 우울한 것만은 아니야."

원족에는 소월이랑 친한 아이들 몇몇이 함께했다. 거기에는 일본 학교에 다니는, 소월이의 문학 동아리 친구인 다나카 같은 일본 학생들도 있었다. 일요일 오전, 하숙집에 있는 아이들 몇몇까지 더해 함께 소풍을 갔다.

읍내를 벗어나 제법 걸어갔다. 이윽고 저만치에 성벽이 보이기 시작했다. 성벽은 무너져 있었고 일부는 원래 형태를 갖추고 있었다. 사람들은 이곳저곳 나무 그늘에 누워 있기도 하고 싸온 것을 먹기도 했다.

"야, 가슴이 탁 트인다."

창식이는 높은 곳에 올라가 보고 싶었다. 이곳 지형을 한눈에 담고 싶었기 때문이다. 성루 위까지 땀을 흘리며 올라갔다. 나머지 아이들은 밑에서 그늘에 앉아 이야기를 나누었다. 높이서 바라보니 저 멀리까지 풍경이 보였다. 학교에 이름을 빌려준 오산이라는 다섯 개의 산도 한눈에 들어왔다. 구불구불 흘러가는 강도 보였다.

이런 즐거운 시간에도 현대로 돌아가지 못하는 처지를 생각하면 문득문득 얼굴이 어두워지며 가슴이 답답했다. 그때 나무 그늘에 있던 소월이가 창식이를 불렀다.

"창식아, 내려와. 밥 먹자."

그러고 보니 어느새 점심을 먹을 때가 되었다. 서둘러 내려가 보니 아이들은 돗자리를 깔아놓은 곳에 가져온 도시락을 각자 꺼냈다.

"야, 벤또 까봐."

일본 아이들도 먹을 것을 가져왔다. 다꾸앙(단무지)과 짠지가 일본 아이들의 기본 반찬이었다. 조선 아이들은 대부분 김치에 보리밥이었다. 아이들은 한곳에 밥과 반찬을 모아놓고 먹었다. 다나카와 몇몇 일본 학생들은 착한 아이들이었다. 모두 다 샌님 같았다. 아이들은 일본 말과 조선말을 섞어가며 이야기를 나누었다.

"너희들 무슨 이야기를 하고 있었어?"

창식이가 물었다.

"아, 우리는 각자 시 쓰고 책 읽고 그랬지."

분위기를 보아하니 소월이 옆에 있는 아이들은 비슷한 부류인 것 같았다. 밥을 순식간에 다 먹고 단물까지 마신 뒤 아이들은 늘어져서 잠을 자거나 이야기를 나눴다. 옆으로 지나가는 다른 학교의 여학생 무리를 바라보는 녀석들도 있었다.

"야, 나 중앙여고보 애들 중에 아는 친구 있다. 잠깐 갔다 올게."

민철이란 녀석이 뛰어가며 아는 여학생이 있다고 말했다. 민철이가 나는 듯 사라지자 아이들이 킥킥댔다.

"저 녀석은 만날 저래. 여학생들한테 말도 잘 걸고 아주 넉살 좋은 녀석이야."

그러자 문득 일제강점기의 조선 여학생들은 어떨까 궁금해지는 창식이었다. 잘생긴 외모 덕에 여학생에게 관심받는 데는 익숙한 창식이가 아니던가. 물론 여기선 별 인기가 없지만 말이다. 여기의 미의 기준은 현대와 어떤 차이가 있을까 잠깐 생각하던 창식이는 옆에 있던 소월이에게 물었다.

"소월이 너는 뭐 하고 있었냐?"

"나는 시 구상하고 있었어."

소월이가 무심하게 노트를 내밀었다. 시를 보여달라고 할 때면 매번 '다음에'라더니 드디어 마음을 연 것 같았다.

"여기 나오니까 갑자기 시 한 편이 생각났어."

창식이는 소월이가 섬세한 글씨로 써놓은 시를 읽었다.


*산에는 꽃 피네*

*꽃이 피네*

*갈 봄 여름 없이*

*꽃이 피네*

*산에*

*산에*

*피는 꽃은*

*저만치 혼자서 피어 있네*

어디선가 많이 본 시였다. 갑자기 창식이의 얼굴에 미소가 번졌다. 그 시라면 예전에 외웠던 기억이 났다. 학교 선생님이 외워두면 좋다고 알려준 십여 편의 시 가운데 하나였기 때문이다.

"저기 피어 있는 꽃을 보고 쓴 거야."

"그랬구나."

"뒤에 뭔가 더 쓰고 싶은데 생각이 잘 안 나."

그 말에 갑자기 창식이 가슴이 뛰었다.

'이건 뭐지? 나 나머지 구절 아는데.'

그 시구를 말해주면 어찌 될지 알 수 없었다. 시간 여행이 불러오는 과거와 현재의 충돌이 일어나는 건 아닐까 싶었다.

"나 다음 연에 네가 쓸 대목 알아."

"무슨 소리야? 내가 쓸 시를 네가 어떻게 알아?"

창식이는 허공을 올려다보며 〈산유화〉의 시구절을 나지막이 읊었다.

*산에서 우는 작은 새여*

*꽃이 좋아*

*산에서*

*사노라네*

"헉!"

소월이가 눈을 동그랗게 떴다.

"어때?"

"이거 정말……."

소월이는 창식이가 읊어준 시를 말없이 잠시 되뇌었다.

"너무 좋은데? 내가 이대로 써도 돼?"

소월이가 너무 진지하게 묻자 갑자기 창식이는 당황했다. 자신이 이 구절을 아는 것은 배웠기 때문이다. 소월이가 쓴 시인데 정작 그 시의 완성을 미래에서 온 자기가 해준다는 게 묘했다.

"어, 그거 사실 네가 쓴 거긴 한데, 암튼 너 써라."

"고맙다."

소월이는 얼굴을 붉히며 자기가 쓴 시의 다음 연에 창식이가 읊은 시구를 펜으로 적어놓았다.

"동무들아!"

그때 저만치에서 키가 크고, 시원한 눈빛을 가진 학생 하나가 걸어왔다. 백석이었다.

"어서 와라."

아이들이 반갑게 맞아주었다. 이곳에서 만나기로 미리 약속한 듯했다.

"누님이 평양 가신다고 그래서 정주역까지 배웅하고 오느라고 늦게 왔다."

아이들이 잔디밭에 되는대로 퍼질러 앉은 것과 달리 백석은 주머니에서 하얀 손수건을 꺼내 그걸 정성껏 펴서 넓적한 돌 위에 깔고 앉았다.

"야, 쟨 왜 저렇게 깔끔 떠냐?"

창식이가 재수 없어 하며 소월이에게 말했다.

"석이는 우리와 좀 달라. 좀 독특한 것 같기도 하고. 체육 빼고는 전 과목 우수한 걸로 유명한데 일본어는 아예 무시해서 공부 안 하는 것도 그렇고. 그리고 땅바닥에 앉지 않는 이유가 뭔지 알아?"

"뭐야?"

"바지 구겨진다고 저래. 흐흐."

창식이는 백석의 개성이 싫지 않았다. 그리고 백석까지 나타나는 걸 보니 이 소풍은 의미가 있는 거 같았다.

"야, 석이 너까지 오는 거 보니 너희들 지금 이게 소풍이 아니라 뭐 문학 행사로 온 것 같다? 맞네. 다나카도 글 쓰는 애고……."

소월이가 웃으며 말했다.

"허허. 창식이 너도 눈치챘니? 우리 여기서 시도 쓰고 서로 읽어 보고 의견 교환하는 거야."

창식이는 마지막으로 확인했다.

"뭐야? 그럼 석이, 너도 시 써 왔어?"

"응. 나는 오늘 정주역에 누님 배웅하고 오느라 늦을까 봐 집에서 어제 써뒀다."

갑자기 들판에서 아이들의 즉석 발표회가 벌어졌다. 석이가 자리를 잡고 나서 시를 낭송했다. 소월이와 달리 석이는 잘생긴 외모만큼 멋진 포즈로 서서 낭랑한 목소리로 자신의 시를 암송했다.

산턱 원두막은 뷔였나 불빛이 외롭다
헝겊 심지에 아즈까리기름의 쪼는 소리가 들리는 듯하다

잠자리 조을든 문허진 성터
반딧불이 난다 파란 혼들 같다
어데서 말 있는 듯이 크다란 산새 한 마리 어두운 골짜기로 난다

헐리다 남은 성문이
한울빛같이 훤하다
날이 밝으면 또 메기수염의 늙은이가 청배를 팔러 올 것이다

"'정주성'이라는 제목을 지어봤어."
석이는 씩 웃고 다시 자리에 앉았다. 시에 대해 잘 알지 못하는 창식이는 저만치 물러나 앉았다. 일본 아이들은 일본 시를

읊었다. 좀 전에 창식이가 외웠던 구절을 알려준 시를 소월이가 조심스럽게 낭송했다.

창식이는 백석의 시가 현대에서 인기 있다는 것을 이미 알고 있었다. 잘생긴 얼굴이 현대에서도 인기라는 것도. 하지만 그 얘기를 해줄 수는 없었다. 석이랑은 아직 그 정도로 친하지 않았기 때문이다. 얘기한다 한들 믿어줄 리도 없었다.

그렇게 아이들은 시를 쓰거나 이야기를 나누며 여유롭게 시간을 보냈다. 그 모습을 보면서 창식이는 가져간 연필로 종이에 그림을 그렸다. 웅크리고 앉아 있는 녀석, 누워서 하늘을 보는 녀석들을 하나하나 그림으로 그렸다. 물론 몇 초 만에 그리는 크로키였다.

곁에 있던 석이가 무심히 툭 물었다.

"우리 시화전 여는데, 창식이 너도 그림으로 시화전에 참여하는 게 어떻겠니?"

# 9

## 시화전 준비

석이네는 부잣집이라 사랑방에 자주 아이들이 몰려들었다. 오산학교에서 시와 문학을 좋아하는 아이들끼리 모인 것이었다. 소월이와 석이가 주축이었다. 물론 창식이도 한쪽 구석에 자리를 잡고 앉아 있었다. 아이들은 그곳에서 자기가 써온 작품을 읽으며 합평하고 있었다. 모두 엄청나게 진지했다. 세상 시니컬한 창식이가 볼 때 한편으론 그 광경이 조금 우스꽝스러웠다.

'이렇게까지 열정을 갖고 한다고?'

소월이가 먼저 일어서서 시 한 편을 낭송했다.

그때 사랑방 문이 열리며 누군가 들어왔다.

"어!"

창식이가 보니 김억 선생님이었다. 선생님이 왜 이곳에 나타 났는지는 알 길이 없었다.

"너희들 여기서 고생하는구나."

"안녕하세요."

아이들은 모두 일어섰다.

"선생님, 오셨어요?"

"그래. 너희들이 시화전 준비한다고 해서 내가 지나다 들렀 다. 이거나 먹으면서 해라."

선생님은 읍내에서 사 온 찹쌀떡을 내밀었다.

"와, 모찌다."

아이들은 달콤한 팥 앙금이 듬뿍 들어 있는 떡을 베어 물었 다. 창식이는 떡 맛에 홀딱 반했다. 달지만 깊은 맛이 있는 앙 금이 떡과 어우러져 은은한 향취를 가지고 있었다.

"그래, 우리 소월이 시 많이 썼니?"

소월이는 빙긋이 웃기만 했다. 선생님은 아이들의 노트를 들 춰보며 말했다.

"소월이의 시는 참 좋구나. 언제 꼭 한번 발표하도록 해라."

그러더니 석이의 시도 살폈다. 방 안의 아이들은 모두 김억 선생님의 진지한 얼굴을 바라보며 조마조마한 마음이 되었다.

"석이도 소월이와 가깝게 지내더니 둘의 시가 비슷한 점도 있구나. 우리의 토속적인 언어를 잘 구사하고 있어서 좋다."

잠시 후 김억 선생님은 흐뭇하고 기대에 찬 얼굴이 되었다.

"우리 학교에 이렇게 뛰어난 미래의 시인들이 많이 있다는 게 나는 너무 기쁘고 행복하다."

그렇게 김억 선생님은 아이들이 시를 낭송하고 자기 작품을 소개하는 것을 다 지켜보았다. 열띤 토론과 의견을 나눈 뒤, 선생님이 갑자기 창식이를 바라보고 물었다.

"저 학생은 누구인고?"

창식이가 쭈뼛쭈뼛 앞으로 나섰다.

"안녕하세요? 박창식입니다."

"그래, 소월이의 숙모님 댁에서 하숙한다는 친구가 너로구나. 너도 글 쓰느냐?"

소월이가 재빨리 나섰다.

"창식이는 그림을 잘 그립니다. 시화전 때, 저희 출품작에 어울리는 그림을 좀 그려달라고 할 생각입니다."

"그래? 그러면 나중에 우리 학교 회보 만들 때도 창식이 네가 그림 좀 실어주도록 해라."

"예. 뭐, 가능하면요."

어정쩡한 태도로 창식이는 대답했다. 김억 선생님은 아이들이 스스로 시화전을 준비하고 시 작품을 쓰며 서로 읽고 격려해 주는 것이 보기 좋았는지 한마디 더 해주었다.

"각자 자기 재능으로 민족을 위해 봉사하는 것이 우리 오산학교의 이념이다. 교장 선생님의 뜻도 그것이야. 열심히 해서 멋진 시화전을 만들도록 하자. 내가 도울 수 있는 일은 도울 터이니."

'각자 자기 재능으로 민족을 위해 봉사? 그냥 문학이 좋아서 하는 건데 그게 왜 민족을 위한 일이 되는 거지? 예술 활동이 독립운동도 아니고.'

김억 선생님의 말씀을 이해하지 못한 창식이는 김억 선생님이 나가자 친구들에게 물었다.

"김억 선생님이 너희들 지도교사야?"

"그렇게 정한 건 없지만 지도 편달을 하시지. 우리가 문학에 관심을 가지면 항상 격려해 주셨으니까. 선생님은 〈오뇌의 무도〉라는 새로운 시집도 내서 경성에서 아주 <u>뜨르르</u>하셨어."

창식이는 입이 쑥 나왔다.

'그냥 이름난 시인이잖아. 민족을 위해 봉사해야 한다길래 독립운동가라도 되는 줄 알았네. 그나저나 시화전을 하는 거랑 민족운동이랑 무슨 관련이 있다는 거야?'

"창식이 너는 우리 작품들 보고 어떤 생각이 들었니?"

창식이는 석이의 질문에 잘 걸렸다는 생각이었다.

"너희들 글이 좋긴 한데, 이런 시로 사람들에게 당장 도움이 되겠냐?"

"사람들? 도움?"

아이들은 어리둥절해했다.

"맨날 꽃이 어떻고, 나무가 어떻고, 엄마 누나랑 강변에 살고, 외갓집이 뭐 무섭고……. 이런 시 가지고 일본 놈들에게 맞설 힘을 기를 수 있냐고? 독립을 위해 시로 싸우는 건 아니잖아."

그 말에 아이들은 모두 좌우를 살폈다. 어떤 애는 누가 밖에서 듣나 살피려고 슬그머니 문을 열어 마당을 내다보기까지 했다. 마치 큰일 날 말을 들은 것처럼 모두 안절부절못했다. 먼저 입을 연 건 소월이었다.

"창식이 네 말이 맞아. 시는 전쟁을 일으키는 총칼은 아니야."

"그러니까 말이야. 일제의 탄압이 앞으로 수년간 이어질 텐데. 거기에 맞서 싸우려면 힘이 있어야 할 거 아냐. 아니 지금, 예술 같은 거 하지 말고 국민 모두 다 무력 투쟁에 뛰어들면 온전히 우리 힘으로 독립할 수 있지 않겠냐는 거지. 분단도 안 되고."

"분단? 창식이 너 또 무슨 말을 하는 거야?"

소월이가 말했다. 하지만 분단까지 설명하려면 너무 길었다. 창식이가 이어 말했다.

"시를 쓸 거면 읽은 사람들이 힘이 불끈 나게 하거나 하다못해 우리 민족이 힘을 기를 수 있게 해주어야 할 거 아니냐는 거지. 돈도 안 되고, 힘도 안 되고, 아무런 능력도 없는, 시나 예술은 해서 뭐 해? 독립에 힘쓸 미래의 민족 지도자를 기르려고 이승훈 선생님이 오산학교를 지었다는데, 생각해 보니까 우린 문학 놀이나 하고 있잖아."

그러자 옆에 있던 창호가 물었다.

"그러는 창식이 너는 그림을 그린다면서? 그림은 뭐 도움이 되냐?"

"나는 그냥 취미로 그릴 뿐이야. 내가 그림을 본격적으로 안 그리는 이유도 바로 그런 거야. 그림 그려서 뭐 하냐고. 나 말고도 잘 그리는 사람도 많고. 뭐, 돈이 없기도 하고. 그리고 결정적으로 내가 살던 곳에선 독립운동이 필요 없⋯⋯. 아니 아무튼 나라도 뺏긴 상태에서 글이나 쓰고 시나 쓰는 건 아니라고 봐."

그러자 소월이가 심각한 얼굴로 말했다.

"창식아, 그럼, 우리가 하는 시, 그림들 모두 쓸데없는 일이라는 거네?"

"쓸데없다는 게 아니야. 급한 일부터 해야 한다는 거지. 지금은 독립해야 할 거 아냐?"

"창식이 네 마음도 알겠어. 하지만 총칼로만 독립운동을 하는 건 아니야."

소월이의 말이 틀린 건 아니었다. 하지만 나라를 빼앗겨서 일본 순사들의 눈치나 살살 보면서 이러고 있는 것이 답답할 따름이었다. 그때부터 격렬한 토론이 이어졌다. 몇몇 아이들은 창식이의 말도 일리가 있다고 했다. 하지만 다른 아이들은 모든 사람이 전쟁에 나갈 수는 없는 법이라고 했다. 한마디로 창식이의 말은 목적이 있는 시를 쓰든가 아니면 차라리 다 때려치우고 총칼 들고 독립군처럼 나가 싸우라는 주장이었다.

그때 석이가 촌철살인의 물음을 던졌다.

"그럼 너는 뭘 할 건데?"

"……."

그 순간 창식이는 할 말이 없었다. 꿈도 목표도, 미래도 제대로 생각해 본 적이 없었기 때문이다.

"에이, 현재나 과거나 다 꿈이 문제야."

이상하게 세상과 잘 맞지 않는 자신이 꼭 소월이가 들려준 이야기 속 주인공 우투리인 것만 같았다.


*부모는 아기 이름을 우투리라 지었다. 우투리는 어려서부터 남과 다른 재능을 보였다. 하루는 아기를 방에 잠깐 눕혀놓고 나갔다 왔다. 돌아와 보니 놀랍게도 아기가 벽에 박아놓은 시렁 위에 올라가 있었다.*

*"이게 어찌 된 일이야?"*

*다음 날 부모는 몰래 숨어 방 안을 들여다봤다. 혼자 남은 아기*
*는 겨드랑이에 붙은 조그마한 날개로 날아다녔다. 그건 나중에*
*영웅이 되어서 세상을 뒤집어엎는다는 뜻이기도 했다.*
*"큰일 났다. 세상에 맞지 않는 아이가 태어났어."*
*이 소문이 퍼지면 아이는 죽을 수밖에 없었다.*


 할 말이 막혀 창식이가 잠시 냉수로 목을 축이고 있을 때였
다. 방문이 벌컥 열리더니 민철이가 얼굴을 내밀었다.

 "애들아, 빨리 나와."

 "뭔데?"

 "중앙여고보 아이들이 같이 바람 쐬자고 한다."

 "뭐?"

 "아, 중앙여고보 아이들한테 문예부 아이들이 모여 있다고
하니까 너네를 데리고 오라 그랬어. 빨리 다 나와. 너희들."

 난데없는 미팅 주선이었다.

## 10

# 중앙여고보 아이들

창식이와 몇몇 친구들은 민철이가 이끄는 대로 읍내를 가로질러 중심가에 있는 빵집으로 갔다. 모리나가(森永) 빵집이라고 쓰여 있었다. 유리문을 밀치고 들어서자 빵집을 운영하는 일본 여자가 반갑게 맞아주었다.

"이랏샤이마세(어서 오세요)."

빵집 한쪽 구석에는 벌써 중앙여고보 여자아이들 다섯 명이 앉아서 소곤소곤 이야기를 나누고 있었다. 만남을 준비한 듯 테이블 몇 개를 붙여서 자리를 벌써 마련해 놓았다. 단정하게 빗은 머리와 교복이 누가 봐도 버젓한 여학생이었다.

"나 왔어, 얘들아. 친구들도 함께 왔다."

민철이가 활달하게 그쪽으로 다가갔다. 여학생들이 일어나서 고개를 숙였다. 창식이는 속으로 중얼거렸다.

'살다 살다 일제강점기에 미팅을 다 해보네.'

같이 빵집에 온 아이들은 석이와 소월이, 그리고 창식이와 민철이었다. 여학생들은 다섯 명이었다. 짝이 맞지 않았다. 남자가 한 명 모자랐다. 자리에 앉자 민철이가 말했다.

"중섭이가 조금 있다 올 거야."

중섭이는 누군지, 창식이는 의아했다. 점원이 와서 주문을 받았다. 따뜻한 엽차가 각자 앞에 하나씩 놓이고, 곧이어 카스텔라와 우유가 나왔다.

'와, 이 당시에 고급인데? 가격이 만만치 않을 텐데, 어쩌려나?'

창식이는 걱정하고 있었다. 궁금증을 참지 못해 민철이의 옆구리를 쿡 찌르며 소곤댔다.

"민철아, 이거 누가 내는 거냐? 나 돈 없는데."

"걱정하지 마. 돈 낼 사람 온다."

그때 빵집 문이 열리며 키가 훤칠한 남학생이 들어왔다.

"중섭아, 여기야!"

중섭이라 불린 사복 차림의 학생이 가까이 다가왔다. 비어 있는 의자에 앉았다.

"사람들이 다 모였으니 서로 인사를 나눌까? 이쪽부터 소개할게."

민철이는 미팅 주선자답게 벌떡 일어나 아이들을 소개했다. 남학생은 이중섭과 박창식, 백석과 김소월 그리고 민철이었다. 여학생은 민철이의 친구인 오은정과 이말순, 양순자 등이었다. 모두 사춘기의 풋풋한 감성을 품고 있었다. 입에 넣기만 하면 녹는 카스텔라를 각자 접시에 나누고 난 뒤 이야기를 꺼냈다.

"자, 우리가 모처럼 만났으니까 맛있는 걸 먹으면서 각자 자기소개를 하도록 합시다."

자기소개를 할 때 아이들은 놀랍게도 서로 존댓말을 썼다.

"저는 백석입니다. 저는 시를 쓰고 있습니다."

석이가 서서 인사하자 소월이도 일어났다.

"저 역시 시를 쓰고 있습니다. 우리 민족의 정서를 시에 담아 볼 생각입니다."

창식이는 소월이와 잠깐 눈이 마주쳤다.

중섭이도 일어섰다.

"저는 그림 그리는 이중섭입니다. 화가가 되는 것이 꿈이지요."

그림이 꿈이라는 말에 창식이는 이중섭을 다시 한번 살펴보았다. 훤칠하고 잘생긴, 사람 좋은 얼굴이었다.

'저 정도 얼굴이면 그림 안 그려도 될 거 같은데.'

민철이가 마지막으로 창식이를 호명했다.

"여기, 창식이 자기소개 해주세요."

"안녕하세요? 박창식입니다. 저는 할 줄 아는 게 없습니다."

"아닙니다. 얘는 그림을 잘 그려요."

민철이가 옆에서 부연 설명을 해주자 중섭이도 힐끗 창식이를 쳐다보았다. 그림을 잘 그린다는 말에 관심을 가진 것이었다. 그러고 보니 이것저것 다방면에 조금씩 기웃거리는 민철이를 제외하고는 그림 그리는 아이 둘과 시 쓰는 아이 둘이 이자리에 모인 거였다.

이번엔 오은정이 중앙여고보 아이들을 소개해 주었다.

"말순이는 우리 모임을 이끄는 리더이지요."

말순이가 강단 있는 얼굴로 일어서서 얌전하게 말했다.

"이말순입니다. 저는 소설을 쓸까 생각 중입니다. 몇 편 써보았지만 영 시원치가 않습니다. 하지만 연습이 천재를 만든다는 말을 믿고 계속 노력하겠습니다."

양순자도 소개했다. 양순자는 그림을 그린다고 했다. 이런 식으로 예술과 문학에 관심 있는 아이들 열 명이 만난 거였다. 대화는 잔잔하게 이어졌다. 학교에서 무엇을 배우는지, 요즘 무엇에 관심이 있는지, 주위에 어떤 새로운 소식이 있는지……. 서로 어색함을 녹이며 이야기를 나누고 있을 때, 창식이가 중섭이를 바라보았다. 중섭이는 약간 뒤로 몸을 젖힌 채 뭔가를 끄적이고 있었다. 옆에 있는 카스텔라 포장지에다 그림을 그리는 것으로 보였다. 그런 중섭이에게 민철이가 주의를 환기했다.

"중섭아, 너도 한마디 해라. 그렇게 그림만 그리지 말고."

그러자 중섭이가 멋쩍게 뒤통수를 긁으며 말했다.

"아버지가 반대하시지만 저는 그저 그림 그리는 게 좋아서 그릴 뿐입니다. 아무 데나 막 그려요. 그림이라고 할 수도 없어요."

그러자 민철이가 부연 설명을 했다.

"여러분, 중섭이는 그림에 미친 아이입니다. 좋이든 벽이든 아무 곳에나 그림을 그려요. 나중에 한번 중섭이의 기숙사 방에 가보면 놀라 자빠질 겁니다."

"어머, 왜요?"

여학생 중 한 명이 물었다.

"그려놓은 그림이 어마어마하거든요. 이 녀석은 밥만 먹고 사람이 똥 싸듯이 그림을 그리는 녀석입니다. 헤헤 헤헤!"

그 말을 듣고 창식이는 깨달았다. 아, 그 이중섭이구나! 나중에 중섭이가 포장지 그림, 은박지 그림으로 유명해진다는 것을 말해주고 싶었다. 가슴이 뛰었다. 그 대단한 이중섭을 친구로 만나서 이렇게 함께 여학생들과 미팅을 할 수 있다니!

이런저런 담소를 나눈 뒤 아이들은 짝을 지었다. 창식이는 자연스럽게 맞은편에 앉은 말순이와 짝이 되었다.

"자, 이제는 바람 쐬러 가고, 시간 되는대로 놀다가 헤어집시다."

민철이의 말에 아이들은 제과점에서 나왔다. 중섭이가 점원에게 가서 아무렇지도 않다는 듯이, 마치 먼지 털듯이 주머니에서 지폐를 꺼내 빵값을 계산했다.

"야, 많이 나왔을 텐데?"

"중섭이네 집 부자야."

"그래, 이 정도는 아무것도 아니야. 쟤는 남한테 얻어먹는 걸 본 적이 없어. 모임에만 나오면 항상 저 녀석이 낸다고. 그래서 내가 이 모임에 부른 거라니까?"

민철이가 들으라는 듯이 말했다. 중섭이는 그런 말을 듣고도 무심했다. 진짜 부자의 포스가 느껴졌다.

"아, 그렇구나."

아이들은 짝지어 뿔뿔이 흩어졌다. 이팔청춘의 남녀가 만났으니 다 같이 어울릴 필요는 없는 것이다. 아이들이 모두 가고 나자 말순이와 창식이만 남았다. 말순이는 도도한 얼굴로 창식이를 바라보았다. 현대에서도 인기는 많았지만, 연애엔 관심이 없어 딱히 여학생들이랑 이렇다 할 교류가 없었던 창식이는 이 상황이 어색해 견디기 어려울 지경이었다. 이렇게 어색할 때는 먼저 미친 척하는 것이 최고라고 들었던 창식이는 용기내서 말순이에게 말을 걸었다.

"흠흠, 혹시 춤추는 거 좋아해?"

"춤? 단스? 어머 학생이 어떻게 그런 걸?"

"아, 그래? 나 댄스 좀 출 줄 아는데."

"그래? 보여줄 수 있어?"

창식이는 에라 모르겠다는 표정으로 말을 마구 던졌다.

"내가 노래하고 댄스 한번 해줄 테니까 잘 봐."

얼굴에 홍조를 띠며 말순이가 쳐다보는 사이에 창식이는 BTS의 〈불타오르네〉를 부르기 시작했다.

*When I wake up in my room 난 뭣도 없지*

*해가 지고 난 후 비틀대며 걷지*

*다 만신창이로 취했어 취했어*

*막 욕해 길에서 길에서*

*나 맛이 갔지 미친놈 같지*

*다 엉망진창, livin' like 삐-이-*

노래에 맞춰서 절도 있게 춤도 추었다. 순간 말순이의 눈이 동그랗게 변했다. 유연한 몸동작과 절도 있는 현대의 댄스를 보고 깜짝 놀란 거였다.

"어머!"

말순이가 손뼉을 쳐댔다.

"어때, 내 댄스가?"

"한 번도 못 본 댄스야. 넌 어떻게 이런 댄스를 추니? 이런 댄스는 본 적이 없어. 그리고 영어는 또 어떻게 그렇게 잘하니?"

창식이의 얼굴이 오히려 붉어졌다. 말순이의 마음이 단번에 자기에게 넘어왔다는 것을 알 수 있었다. 갑자기 가까워진 느낌으로 말순이와 나란히 길을 걸었다. 말순이가 중앙여고보 기숙사에서 지내고 있다는 말에 바래다주기로 한 거였다.

"너는 춤추는 걸로 이 모임에 온 거니?"

"아니야. 나도 그림을 그린다고 애네들이 끼워줬는데, 뭐 시화전에 그림을 그려달라나?"

"어머, 그림까지 잘 그린다고?"

말순이가 창식이에게 관심을 보이는 거 같았다.

"그런데 그냥 나는 안 할까 싶어. 사실 이렇게 학생들이 문화 활동이나 하는 것이 우리 민족에게 무슨 도움이 될지 잘 모르겠거든."

"무슨 말이니? 예술 활동은 아주 큰 도움이 되는 거야."

엉뚱한 말일 수도 있었는데 말순이는 진지했다.

"그래?"

"우리 조선이 지금 일본의 통치하에 살고 있잖아. 우리가 일제를 이겨내려면 어떻게 해야 하겠어? 힘이 필요해."

"하지만 우리에게는 총칼이 없잖아."

"넌 총칼 없이 사람들을 모을 방법이 뭐라고 생각해?"

"그, 글쎄."

"예술을 하면 사람들이 모여. 음악회나 시화전 같은 걸 열면 사람들이 모일 수 있잖아? 예술 활동은 대중을 교육하고 동원하는 방법이 된다고. 우리가 극장에 가거나 전시회 같은 곳에 가는 것도 마찬가지야."

"그게 뭐 어떻다는 거야?"

"너 바보 아니니? 사람이 모이면 서로 정보를 공유할 수 있고 유대감이 생기잖아?"

"아……. 그렇게까지는 생각 안 해봤어."

창식이는 부끄러웠다. 전시회나 음악회는 그저 돈을 벌기 위한 일이라고 생각했기 때문이다.

"사람들이 모이면 정보를 나누고, 거기에다가 누군가가 저항하자는 정신을 집어넣으면 바로 그런 정신이 쌓여서 힘을 가지게 되는 거야. 뿔뿔이 흩어져서 문화 활동도 없고, 예술 활동도 없다고 생각해 봐. 영원히 우리는 일본의 종노릇을 하는 것 아니겠니?"

창식이의 가슴이 찌르르했다. 그림 그리고, 노래하고, 춤추고, 시 쓰는 것이 대중을 동원하고 교육하는 효과가 있다는 생각은 못 해봤기 때문이다. 이쯤 되니 말순이를 정신적으로 누나라고 부르고 싶은 생각까지 들었다.

"아, 그렇구나."

말순이는 잘 걸렸다는 듯 예술에 대한 자기 생각을 계속 이어 말했다.

"그리고 사람들이 예술보다 더 즐거워하며 모일 수 있는 게 뭐가 있겠어? 우리는 그래서, 비록 언제 독립할지는 모르지만, 예술 활동을 더 철저히 해야 한다고 생각해. 책도 많이 읽고, 글도 많이 쓰고, 예술 활동을 적극적으로 해야 한단 말이야. 그러니까 난 네가 시화전 작품들에 그림 그리는 거 했으면 좋겠어."

춤을 춤으로써 창식이가 말순이의 마음을 훔쳤다면, 말순이는 자신의 올곧은 생각과 리더십으로 창식이의 마음을 훔치고 있었다.

둘은 어느새 중앙여고보 앞까지 오게 되었다.

"나 이제 들어가야 해."

"그래. 말순아, 또 만나자. 오늘 즐거웠다."

"잘 가. 나도 오랫동안 네 단스가 생각날 것 같아."

말순이는 돌아서서 중앙여고보 교문을 지나 기숙사가 있는 오른쪽 언덕으로 올라갔다. 말순이가 한 걸음 한 걸음 내디딜 때마다 바람에 살랑이는 교복 치맛자락을 바라보며 창식이는 한동안 가슴이 설레어 그 자리에 서 있었다.

# 11

## 중섭이의 소 그림

그 주의 토요일, 창식이는 중앙여고보 교문 앞에서 한참을 기다려 하교하는 말순이를 만났다. 말순이는 기숙사에서 생활하다 토요일 오후가 되면 기차를 타고 평양에 있는 자기 집으로 간다고 했다. 역까지 함께 걸어가며 데이트하려는 게 창식이의 계획이었다.

두 아이는 몇 번의 만남 끝에 공통의 관심거리를 찾았다. 그것은 바로 예술 활동과 독립에 대한 마음이었다. 창식이는 말순이 덕분에 생각이 많이 바뀌었고, 시화전에도 참여하기로 했다. 하지만 여전히 무력 투쟁이 더 중요하다고 말했기 때문에 말순이는 창식이를 설득하려 했다. 둘은 정주역을 향해 걸어가면서 이야기를 나누었다.

"네가 독립에 대해서 그렇게 확신이 있는 거는 잘 알겠는데, 독립이라는 것은 오래 걸리는 일 아니겠니? 그 과정에서 투쟁도 필요한데, 투쟁이 끝나면? 투쟁에서 승리한다고 해도 우리 민족의 문학, 우리 정서로 표현된 시나 소설, 그림이 없다면 온전한 독립이나 진짜 승리라고 할 수 있을까? 그러니 예술 활동이 더 중요하다고 생각하는 거야, 난. 넌 미술을 좋아하는 애가 왜 자꾸만 예술의 힘을 몰라주는 거야?"

"그, 그거야……."

자기가 미래에서 왔다고 얘기할 수가 없는 창식이는 그냥 에둘러 말하는 수밖에 없었다.

"어쨌든 조선은 곧 독립할 거야. 그런데 조선의 힘이 아니라 외부의 힘으로 독립하게 되면 또다시 외국의 간섭에 시달리게 되거든. 그러니까 그런 상황을 피하려면 힘을 기르는 게 중요하지 않겠냐는 거지."

말순이는 잠시 뭔가 상상하는 듯하더니 이내 고개를 내저었다.

"그런 건 생각하기도 싫어. 하지만 혹여나 그런 고난이 닥친다고 해도 그럴 때 가장 필요한 게 뭐겠어? 위안을 주고 희망과 용기를 주는 일 아닐까? 그걸 예술이 하게 해야 한다고 생각해."

말순이는 똑똑했다. 하는 말이 논리적이었다. 중학생 창식이의 입담으로는 말순이의 올곧은 생각을 제대로 반박하기가 어려웠다.

"게다가 예술 자체가 표현 수단이잖아. 강력하지. 식민지 국가의 경우에는 그런 예술 활동을 통해서 더 의미를 강조할 수 있어. 국민의 의식이 예술로 표현되면 독립을 향해 어쨌든 도움이 되는 거잖아?"

"그래. 알았어. 네 말도 맞는 거 같아."

창식이는 말순이의 말에 수긍했다. 어쨌든 말순이는 현명한 여학생이었다.

'앗, 잠깐만. 말순이가 현대에 살아 있다면 지금 백 살도 넘었잖아. 헉!'

창식이는 움찔했다. 그렇지만 창식이는 갈수록 말순이에게 빠져들었다. 범접할 수 없는 단아함과 단단한 내면의 힘이 있었다.

강가에 풀숲이 우거졌고, 여기저기에 매여 있는 소들이 보였다. 소들은 풀을 뜯어 먹으며 한가로이 따뜻한 햇살을 받고 있었다. 저만치에서 이젤을 세워놓고 큰 키를 구부정하게 숙인 채 그림을 그리는 남학생이 보였다.

"어, 저기."

말순이가 가리키는 곳을 바라보니 낯익은 실루엣이었다.

"저기 강가에서 그림 그리는 아이."

딱 봐도 중섭이었다.

"아, 중섭이가 그림을 그리네."

창식이의 눈에는 처음 보는 생경한 광경이었다. 창식이는 그림을 좋아하긴 했지만, 저렇게 물감 들고 야외에 나가 이젤을 세워놓고 본격적으로 그림을 그린 적은 없었다.

"중섭이는 참 멋있어. 먼 훗날 우리나라를 이끌 예술가가 될 것 같아."

말순이의 말에 창식이가 물었다.

"네가 어떻게 알아?"

"딱 보면 알아. 쟤는 우리가 만난 날에도 그림만 그리고 있었고, 너희 학교 애들이 얘기하길 눈만 뜨면 그린다더라."

알 수 없는 시기심이 가슴속에서 뭉클하게 올라왔다.

기차역에서 말순이를 기차에 태워 보내고, 창식이는 다시 하릴없이 왔던 길을 되돌아 걸어왔다. 강둑을 지날 때 그림을 그리고 있는 중섭이가 다시 보였다. 그림을 마무리했는지 화구를 다 챙긴 중섭이가 둑 위로 올라오는 걸 창식이는 물끄러미 서서 바라보며 기다렸다.

"어, 중섭이. 그림 다 그렸냐?"

"응, 창식이구나. 나중에 또 그리러 오려고."

둥근 대나무 통에 그림을 똘똘 말아 넣은 것 같았다.

"좀 보여줄 수 있어?"

"별것 아닌데, 뭐 보고 싶으면 봐."

예술가의 특성은 자기가 한 작업을 별거 아니라고 하면서 누군가 봐주기를 원한다는 거다. 중섭이가 꺼내 보여준 그림을 보고 창식이는 깜짝 놀랐다. 소 한 마리를 이곳저곳 장소를 바꿔가며, 구도를 변경하여 그림으로 그려낸 것이었다. 굵은 선으로 그려낸 소 그림은 역동적이었다. 풀을 뜯는 모습, 정면과 측면, 심지어는 엉덩이 부위도 그렸다.

"하나만 그린 게 아니었구나?"

"응. 소의 여러 모습을 그려보고 싶어서."

창식이는 더 이상 그림 얘기를 하고 싶지 않았다. 미래 미술의 거장이 될 중섭이의 그림은 습작도 멋졌기 때문이다. 자기는 웹툰 카피나 했지, 사실은 그림에 대해 잘 모르기도 하고 말순이 때문에 시기심도 났다. 그러니 더욱 중섭이를 칭찬하고 싶지 않았다.

"너는 집에 안 갔어?"

"이번 주에는 기숙사에 있으려고."

창식이는 중섭이에 대해 들은 소문을 확인하고 싶었다.

"너 기숙사 방에 그림이 가득 차 있다며?"

"그렇지도 않지만…… 구경할래?"

창식이는 중섭이를 따라 학교 기숙사로 갔다. 신발을 벗고 대청마루에 올라 복도를 따라 쭉 가니 중섭이의 기숙사 방인 십삼 호실 문이 있었다. 문을 열고 들어가자 방을 같이 쓰는 친구들은 다 집으로 갔는지 없었다. 중섭이는 한쪽 벽에 박힌 못에 이젤과 물감통을 걸어놓았다. 그 옆에 있는 상자 안에는 각종 물감과 붓들이 가득 담겨 있었다. 얼핏 봐도 고급 제품이었다.

"야, 이렇게 다양하다고?"

"응, 일제야. 일본에서 작은 아버님이 다 보내주셨어."

현대에서도 보기 드문 고품질의 물감과 팔레트와 붓들이었다.

"이 망가진 붓은 뭐야? 버리지."

털들이 뒤엉켜 수세미가 된 붓을 들고 창식이가 물었다.

"아, 이것도 쓸모가 있어. 수채화를 그리다가 물이 많아 흐르려고 할 때 이걸 재빨리 갖다 대면 그 물감을 쪽 빨아들여."

"아, 그렇구나."

그럴 때는 솜이나 스펀지 혹은 화장지를 사용해도 되지만, 일제강점기에는 그런 것이 없었기 때문에 중섭이는 그러한 기법을 사용하는 모양이었다.

"그림 볼 수 있어?"

중섭이가 말없이 서랍을 열자 창식이는 깜짝 놀랐다. 서랍에 각종 선화와 스케치, 크로키가 그득그득 들어차 있었다. 얼핏 봐도 수백, 아니 수천 장이었다.

"아니, 이렇게 많이?"

"응. 하지만 다 부족한 그림이야."

"왜 이렇게 많이 그렸어?"

"우리 선생님께서 시간만 나면 다른 짓 하지 말고 그림을 그리라고 하셨어."

"누구? 임 선생님?"

창식이도 미술 교사인 임영현 선생님을 알고 있었다. 임영현 선생님은 백남순 선생님과 부부 사이이며 당시 최고의 미술 교사로 소문이 나 있었다.

"우리 선생님은 미국에서 공부하고 오신 분이잖아. 불란서(프랑스) 파리에도 머무셨대. 백남순 선생님과도 파리에서 만나 결혼하셨어."

창식이는 할 말을 잃었다. 현대에서도 미국이나 프랑스에 가기는 쉬운 일이 아닌데, 그 옛날에 미술 공부를 하러 외국에 갔다 왔다니 믿어지지 않았다. 얼마나 엄청난 사람인지 짐작도 안 되었다.

"두 분 선생님이 많이 가르쳐주셨어."

"그랬구나."

소문이 사실이었다. 소월이의 말에 의하면 선생님이 중섭이는 예약된 천재라고 말했단다.

"그래. 너는 나중에 아마 큰 재목이 될 거야. 근데 소는 언제부터 그린 거야?"

"응. 소 그린 지는 오래되었어. 원래는 사자나 호랑이 같은 걸 그리고 싶었는데, 쉽게 볼 수가 없으니까 우리 곁에서 볼 수 있는 가장 힘센 동물인 소를 그리는 거야."

"아, 그렇구나."

"소는 순하지만 힘을 쓸 때는 무서운 능력을 발휘해. 느리게 걷는 거 같지만 달릴 때는 사람이 따라갈 수가 없지. 나는 그게 멋있어. 우리 민족이 지금은 억눌려 있고 고삐에 매여 농부에게 끌려가는 것 같지만, 한번 마음먹으면 큰 힘을 발휘할 거라고 나는 생각해. 언젠가 화가 나서 돌진하면 주인을 떠받아 버릴 거야."

"글쎄, 그럴까?"

"응. 그래서 나는 꼭 한국 소를 그려. 외국 소는 그리고 싶지는 않아. 죽을 때까지 소를 그릴 거야."

그 말처럼 서랍 속에 있는 그림들은 온통 소를 그린 데생들이었다.

"나는 그림으로 내 인생을 결정했기 때문이야."

묘한 경쟁심이 느껴졌다. 이때 중섭이가 물었다.

"너도 그림을 그린다며?"

"나는 뭐, 이런 그림은 아닌데."

"한번 그려 봐."

창식이는 잠시 망설이다 옆에 있는 연필을 하나 들어서 쓱쓱 새 종이에 그림을 그렸다. 부끄럽게도 그릴 수 있는 게 일본 만화풍의 캐릭터뿐이었다. 머리카락이 삐쭉삐쭉 나온 〈드래곤 볼〉의 손오공을 그리고 말았다.

'이게 일본 캐릭터라는 걸 중섭이가 알면 기절초풍할 텐데.'

일본에 저항하라면서 정작 그림 그릴 때는 일본 캐릭터를 그리는 자기모순에 빠진 창식이에게 부끄러움은 자신만의 것이었다.

"오, 이런 그림은 생전 처음 본다."

의외로 중섭이는 빠르게 캐릭터를 그리는 창식이의 손을 진지한 표정으로 바라보았다.

"그냥 장난삼아 그리는 거야. 이런 그림을 애들이 좋아할 때가 올 거야."

"그나저나 이 그림 설명해 줄래?"

창식이는 조금 난감했다.

"아, 이건 상상으로 그린 건데, 혹시 〈서유기〉 알아?"

"응. 중국 소설이잖아."

"그 손오공이 우주와 소통하면서 모험을 벌인다고 생각해서 그린 거야."

"음, 독특하구나."

자세한 내용은 모르지만, 선이 끊기지 않게 쓱쓱 그려대는 창식이를 보며 중섭이도 사실은 조금 놀랐다. 생전 보지 못한 그림이었기 때문이다. 일본 작가의 그림을 흉내 낸 것이었지만, 웹툰을 본 적이 없는 중섭이는 모처럼 맞수가 나타났다는 생각이 들었다. 두 아이는 서로가 그린 그림에 대해 진지하게 의견을 나누었다. 창식이는 소를 그리는 것이 중섭이에게 어떤 의미인지 처음으로 알게 되었다. 그날 두 아이는 기숙사 방에서 그림을 보며 대화를 많이 나누었다. 기숙사 식당에서 주말에 남은 학생들을 위해 차려준 밥까지 얻어먹고 하숙집으로 돌아오며, 창식이는 좋은 친구를 만나 이야기 나눈 것을 뿌듯하게 여겼다. 이렇게 좋은 친구도 사귀고, 말순이도 있는 이곳이 이제 싫지 않았다. 어쩌면 현대로 돌아가지 않고 여기서 사는 것도 나쁘진 않을 것 같다는 생각까지 들었다.

# 12

## *연합 행사*

소월이네 하숙집 대청마루는 어느새 작업실이 되고 말았다. 창식이가 마룻바닥 위에 커다란 종이 여러 장을 놓고, 소월이의 시 중에 그림으로 표현할 만한 것을 골라서 시화전에 낼 배경 그림을 그리고 있었다.

멀리 은은한 박무(옅은 안개)에 산들이 층층이 보이고, 그 앞으로 관목 지대가 펼쳐지며, 근거리에는 각종 꽃이 피어 있는 그림이었다. 원근법이 잘 드러나는 그림의 여백에 소월이가 쓴 시 〈산유화〉가 자리를 잡을 예정이었다.

"아, 일제 물감이 아무리 좋다지만 이거 정말 현대 물감이랑 비교가 안 되는군."

그건 사실이었다. 색깔별로 작은 유리병에 담긴 일본제 수채화 물감은 당시 최고의 품질이었지만 현대에서 다양한 종류의 물감을 접해본 창식이에게는 마음에 들 리가 없었다. 또한 붓으로 여러 색을 칠해 분위기를 내는 게 아니라 담채화로 그리려니 쉽지 않았다. 먹으로 농담 효과를 살린 수묵화를 옅게 그린 뒤 색을 은은하게 입혀야 했기 때문이다. 채색을 어느 정도 하느냐에 따라 그림 작가의 주관이 표현되는 거였다. 동양권의 문인화가들이 이런 그림을 많이 그렸다. 하지만 창식이는 먹선을 사용하여 번지게 하는 기법을 쓰는 게 어려웠다. 수채화를 많이 그려본 것도 아니기 때문이다.

그때 대문이 삐걱 열리더니 낯익은 여학생이 얼굴을 들이밀었다.

"창식이 있니?"

하숙집 마당에 있던 아이들이 일제히 주목했다. 말순이었다. 남학생들은 여학생이 찾아온 것에 놀라 모두 고개를 돌려 말순이를 바라보았다.

"어, 여기 있어."

창식이는 고개를 돌려 말순이랑 눈을 마주쳤다.

"잠깐 볼까?"

"그래."

창식이가 허둥대며 신발을 신고 마당을 가로질러 가자, 남아 있던 학생들이 모두 낄낄댔다.

"창식이가 어느새 말순이를 꼬셨냐?"

대문 바깥으로 나가 보니 말순이는 저만치 앞서가고 있었다.

"애들이 다 보고 있는데 불러내냐, 부끄럽게. 나중에 엄청 놀리겠네."

"그게 아니고, 할 말이 있어서 그래."

"왜? 무슨 이야긴데?"

창식이는 살짝 가슴이 설렜다. 안 그래도 말순이 생각이 매일매일 문득문득 떠오르던 창식이었기 때문이다.

동구 밖까지 한참 걸어 나갔더니 그곳에는 처음 보는 여학생들 몇이 서 있는 게 아닌가.

"이 학생들은 누구야?"

"우리 학교 옆에 있는 동산여중, 그리고 현숙여고보 아이들이야."

정주에 있는 여러 여학교의 아이들이 다 모인 듯했다. 대부분 키는 작지만, 눈은 반짝이는 여학생들이었다.

"어쩐 일이야?"

"너희 학교에서 이번에 시화전을 한다며?"

"응. 시화전 준비하고 있어. 방금도 그림 그리다 나왔어."

창식이는 손에 묻어 있는 물감 자국을 보여주었다.

"그래서 말인데, 우리 학교 아이들이 그 얘기를 듣더니 우리도 시화전을 열자고 하는 거야. 그런데 초라하게 작게 여는 것보다는 다 같이 합쳐서 크게 열면 좋겠다는 말이 나왔어."

"합쳐서? 연합으로?"

"그래. 연합으로 문화제를 열자고."

그러자 말순이가 거들었다.

"시화전과 그림은 물론이고 우리 악기 연주부터 춤추고 노래하는 것까지 다 할 수 있어."

나쁘지 않을 것 같았다. 한마디로 이왕 벌이는 거 판을 크게 벌이자는 거였다.

"글쎄? 뭐 내가 결정할 수 있는 게 아닌데."

"그러니까 네가 가서 오산학교 아이들한테 우리가 이런 거 의논한다고 얘기해 줘. 근처에 있는 동화여고보하고 축진여중도 모두 참여한댔어."

옆에 서 있던 여학생들이 각자 자기소개를 하며 자기네 학교에서 행사 준비하는 상황을 이야기했다.

"맛있는 음식과 다과를 준비할 수 있어."

"맞아. 그리고 우리 춤 잘 추고 노래 잘하는 아이들도 있다고. 참, 우리 학교에 일본 학생들도 같이 참여하고 싶대."

여학생들이 중구난방으로 말을 해대자 창식이는 사실 조금 정신이 없었다.

"나쁘진 않은 거 같은데. 내가 아이들과 선생님에게 물어볼게."

"그래, 꼭 물어봐 줘. 이왕 이렇게 하는 거 이번에 우리 정주시가 떠들썩할 정도로 멋진 행사를 해보자고."

말순이는 벌써 흥분하고 있었다.

"장소가 어떻게 될지 모르겠네."

"오산학교 강당에서 하면 될 거야."

"내가 전달해 볼게."

창식이는 다시 하숙집으로 돌아왔다. 마당 한쪽 그늘에서 이미 중섭이가 그린 그림이 말라가고 있었다. 그리다 만 창식이의 그림은 아직 반밖에 채색하지 못한 상태였고, 아이들은 앉아서 이런저런 객쩍은 농담을 하고 있었다.

"야, 이제 돌아왔네."

"여자들에게 인기 있는 의자왕 창식이."

마당에서 마루로 올라서는 창식이에게 민철이가 부럽다는 듯이 말했다.

"그런 게 아니고 공적인 일로 온 거야."

소월이와 석이 그리고 중섭이가 모두 눈을 동그랗게 떴다.

"그래? 공적인 일이 뭔데?"

창식이는 여학생들의 제안을 전했다.

"시화전, 근처 학교들이랑 연합으로 하재. 시화전에다가 그림, 음악, 예능으로 할 수 있는 건 모두 다 같이 하자는 거야. 축제를 준비하자고 하더라. 그리고 이상한 얘기를 하던데?"

"뭔데?"

"문학이나 예술에 관심 있는 일본 애들도 같이 하재."

일본 아이들의 참여에 대해서는 세 아이의 반응이 나쁘지 않았다. 창식이의 예상과는 달랐다.

"일본 아이들도 시와 그림에 재능 있는 애들이 있으니까, 골

고루 뽑아서 하자는 거지."

"아무튼 다 같이 하는 건 교장 선생님께도 여쭤봐야 해."

"그래, 생각 좀 해봐야겠는데?"

그때 대문이 열리면서 김억 선생님이 들어왔다.

"그거 좋은 생각이구나. 크게 행사를 벌이면 좋겠다."

"어이쿠!"

갑자기 등장한 김억 선생님에 놀란 창식이가 소리쳤다. 김억 선생님은 그런 창식이를 보고 씩 웃고는 아이들이 그려놓은 그림을 이것저것 들춰보며 말했다.

"여학생들이 너희들보다 훨씬 똑똑하구나. 이왕 하는 행사인데 멋지게 준비하면 정주에 있는 시민들도 참여하고 좋을 것 같구나. 장소는 내가 교장 선생님께 말씀드리마."

그렇게 문화제를 하기로 결정되고 말았다.

## 13

# 뿌듯함이 주는 행복

창식이는 자기 하숙집으로 가면서 마음이 조급해졌다. 시화
전에 그려주기로 맡아놓은 그림이 벌써 대여섯 개가 넘기 때
문이다.

"아, 이거를 각자 다른 스타일로 그려줘야 하는데, 쉽지 않
네."

머릿속은 그림을 어떻게 그려야 할지 계속 고민하고 있었다.
그사이에 인근 학교 아이들은 오산학교 김억 선생님에게 자신
이 어떤 작품을 출품할 건지에 대해 설명하고 출품 자격을 심
사받았다. 노래 잘하는 여학생이나 춤 잘 추는 아이들도 심사
를 통과해 행사는 아주 풍성해졌다. 일본의 와세다대학에 가

고 싶다는 마영일이라는 학생은 작품을 출품하지는 못했지만, 특유의 활달한 성격과 창식이의 도움으로 행사 준비 위원장을 맡았다. 마영일은 시, 그림, 노래 등 여러 분야에 도전했지만, 실력이 부족해 번번이 떨어졌는데, 무슨 이유에서인지 이번 문화제에 어떻게든 참여하려 기를 썼다. 창식이는 그런 마영일을 행사 준비 위원으로 추천했다. 탈락과 실패의 연속인 영일이의 모습이 왠지 안쓰럽기도 했고, 대화를 나눠보니 창식이에겐 없는 열정을 가득 안고 있는 학생이라서 영일이를 돕고 싶은 마음이 든 탓이다.

서둘러 하숙방으로 들어간 창식이는 중섭이에게 빌려온 물감들을 방 한쪽에 늘어놓았다. 물감병 몇 개가 안 보였다.

"이게 어디 갔어?"

좌식 책상 서랍에 넣어 놨던 물감이었다. 아마 너무 많이 넣어서 서랍 뒤쪽으로 넘어간 것 같았다. 서랍을 아예 쑥 뽑아 안쪽을 보았다. 역시 몇 개가 뒤로 넘어가 있는 게 보였다. 손을 집어넣어 더듬다가 물감병을 몇 개 꺼냈다. 그런데 그때 누런 종이로 둘둘 말아 놓은 봉투가 손에 만져졌다.

"이건 뭐지?"

봉투를 열어본 순간 깜짝 놀랐다. 그 안에는 일본 지폐가 잔뜩 들어 있었다.

"아, 여기 살던 창식이는 엄청 부자였나 보다. 이곳에 비상금을 숨겨놨군. 필요할 때 써야겠다."

이상하게 남의 돈이라는 생각이 들지 않았다. 안 그래도 지금 종이도 사고 물감도 사야 해서 돈이 필요한데, 그 자금으로 써야겠다는 생각이 얼른 든 것이다. 다시 넣어놓고 마당에서 물을 떠다 수채화를 그리려고 바탕색을 칠하고 있었다. 그때 대문 밖에서 인기척이 났다. 두런두런 이야기 나누는 소리가 들리더니 옆방에 머무는 하숙생 선배 하나가 창식이의 방문을 열고 말했다.

"창식아, 예쁜 여학생이 와 있다."

신발을 신고 바깥으로 나가 보니 또 말순이었다.

"무슨 일이야?"

"내가 그려달라 부탁했던 그림이 어찌 됐나 궁금해서 왔어."

창식이는 말순이의 그림을 그려주기로 했다. 사실 말순이는 산문을 쓰기로 했는데, 그 가운데 핵심 문장 몇 개를 그림과 같이 전시하겠다는 거였다. 말순이의 글에는 힘이 있었다. 창식이는 말순이의 글을 더 빛나게 해줄 멋진 그림을 그려주고 싶어서 그림을 그려달라는 부탁을 흔쾌히 수락했다.

그림 그려야 해서 바빴지만 창식이는 여자 친구가 찾아왔으니 기꺼이 시간을 냈다. 둘은 하숙집 뒷동산에 산책을 다녀오기로 했다. 말순이가 창식이와 함께 걸으며 이야기했다.

"내 그림은 잘 되고 있어?"

"응. 지금 바탕색 칠했어. 다른 학교 아이들도 시화전에 자기 작품 낸다고 나한테 글을 보여주면서 그려달라고 하더라. 저번에 심사받은 애들 말이야."

"글 쓰는 아이들은 많아도 그림을 그려줄 재주꾼은 많지 않으니까. 중섭이는 어때?"

"중섭이도 지금 난리야. 여기저기서 그림 그려달라고 해서."

"중섭이는 애가 착하지 않니?"

"응, 그래서 애들이 부탁하는 대로 다 그려주는 모양이야."

"아, 그렇구나. 너도 힘들고 바쁜데…… 내가 부탁해서 미안하네."

"그럴 리가. 말순이 네 그림이라면 내가 최선을 다해서 그려야지."

그러자 말순이는 창식이의 얼굴을 물끄러미 바라보다 살짝 미소지으며 말했다.

"너 좀 변한 거 같다."

"내가?"

"응. 변한 거 같아. 에네르기가 넘쳐."

"에네르기? 아, 에너지!"

"에너지라니?"

"일본식이니까 에네르기라고 읽을 수도 있지만, 에너지가 맞는 발음이야. 진짜 미국이나 영국 사람들은 그렇게 발음해."

"에너지? 처음 들어본다."

"야, 그게 일본 사람들이 영어를 잘 못해서 부르게 된 말이라고."

"그래?"

창식이는 자신이 어쩌다 이렇게 인싸가 되어 잘난 척하는지 알 수가 없었다.

"참, 지금 정주시가 야단법석인 거 알아? 아이들이 여기저기서 문화제 준비한다고 난리더라. 참여 안 하는 학교 아이들도 난리야."

그건 사실이었다. 문화제 날짜가 잡히자 아이들은 모두 흥분했다. 그림이나 예술에 관심 없는 아이들조차도 많은 학생과 관객이 외부에서 온다는 것을 알고 기대에 부풀어 있었다. 낯선 사람, 특히 이성에 대한 관심도 컸기 때문이다. 그들이 한군데 모인다고 하니 모두 가슴이 설레고 있었다.

"도시 전체가 지금 왠지 들뜬 분위기야."

"그러네."

"이런데도 너는 예술이 소용없다고?"

"그, 글쎄?"

창식이는 말순이의 말에 대답을 못 했다. 예술은 효용이 없다고 생각했는데, 알고 보니 사람들을 들뜨게 하고 힘내게 하는 효과가 정말 있는 것만 같았다.

"바로 이게 예술이 주는 힘이야. 문화가 주는 힘이라고."

예술과 문화의 힘이라니, 창식이는 문득 웹툰과 케이팝이 전 세계에 영향력을 미친다는 사실을 생각해 냈다.

"그래, 네 말이 맞아."

누가 들을까 봐 조심스럽게 좌우를 살핀 뒤 말순이가 말했다.

"문제를 빨리 해결하고 싶겠지만 시기와 시간, 장소에 따라

해결법이 다른 거야. 그 방법도 한 가지가 아니라 여러 가지야. 그러니까 예술과 문화도 그 가운데 하나지. 어떤 방법이 최고라면서 하나에만 모든 힘을 모으는 건 어리석은 일이라고 생각해. 다양하게 접근해야 한다는 말이야."

"말순이 너, 말을 참 잘한다. 들을 때마다 저절로 고개가 끄덕여진다니까?"

"그거 이제 알았니? 호호!"

말순이는 정말 멋있는 여자아이라는 생각이 들었다. 이런 말순이랑 함께 지내는 이 시간이 좋으면서도 마음 한구석은 시큰했다. 이런 멋진 아이가 일제강점기가 아닌 현대에 살았다면 어땠을까 하는 생각이 들었기 때문이다. 말순이 덕분에 예술의 힘을 믿어볼 수도 있겠다고 생각했다. 삶에 냉소적이고 무기력하기만 했던 자신이 조금씩 변하고 있는 게 느껴졌다.

그때 갑자기 말순이의 친구인 용순이가 달려왔다.

"말순아! 말순아!"

"왜 이리 호들갑이니?"

"전보 왔어! 전보! 이거 봐!"

전보에는 이렇게 쓰여 있었다.

## 父親入院急來要望 *(부친입원급래요망)*

"부…… 입……. 이건 무슨 뜻……."

한자에 약한 창식이가 전보를 읽느라 헤매고 있을 때, 옆에서 말순이가 소리쳤다.

"어머! 우리 아버지가!"

"왜?"

"병원에 입원하셨대. 빨리 오래. 어떡해! 어떡해!"

아버지의 입원 소식에 말순이는 당황하고 슬픈 기색이 역력했다. 씩씩한 용사와 같은 말순이도 아버지 문제는 어쩔 줄 몰라 하는 청소년이었다.

"그럼 빨리 평양으로 가야지."

"많이 다치신 건 아니겠지? 무슨 일이 있었던 걸까? 흑흑!"

갑자기 무너지는 말순이를 보자 창식이는 힘있게 용순이에게 말했다.

"용순아, 빨리 학교에 가서 말순이를 준비시켜 줘. 내가 정주역에 가서 기차표 끊고, 평양 갈 준비를 할게."

"알았어."

## 14

# 아버지의 이야기

창식이는 서둘러 방으로 돌아와 서랍 밑에서 발견한 돈뭉치 중 일부를 꺼내 되는대로 주머니에 집어넣고 정주역으로 달려 갔다.

잠시 후 용순이가 얼굴이 창백해진 말순이를 데리고 정주역 으로 들어왔다. 창식이는 그걸 보고 깜짝 놀랐다.

'말순이가 충격이 컸나보다.'

창식이는 용순이의 도움을 받아 이등 차표를 끊었다. 기차를 기다리는 동안 말순이는 눈물을 흘리며 흐느꼈다. 옆에 있던 용순이가 말순이를 꼭 끌어안고서는 위로해 줬다.

"많이 안 다치셨을 거야. 걱정하지 마."

"흑흑! 우리 아버지."

"입원하셨으니까, 곧 괜찮아지실 거야."

"우리 아버지가 왜……. 무슨 일이 벌어진 걸까?"

창식이는 답답했다. 스마트폰이 있다면 어떻게 다쳤는지 문자를 보내 물어보거나, 아버지 상태를 사진으로 받아 확인할 텐데, 또 영상통화도 할 수 있을 텐데, 그러지 못하는 것이 너무나 고통스러웠다. 현대 문명이 얼마나 고맙고 감사한 것인지 다시 한번 깨닫는 창식이었다. 저 멀리서 기적 소리가 울리자 정주역 대합실에 있던 사람들이 하나둘씩 부산해졌다. 짐도 들고 보따리도 이고 플랫폼 쪽으로 다가갔다. 제복을 입은 역무원이 기차표에 구멍을 뚫어주었다. 차례대로 플랫폼으로 나아가자 시커먼 연기를 뿜으며 기차가 들어오는 것이 보였다. 용순이는 플랫폼으로 들어오지 못해서 밖에서 손을 흔들어주었다.

"잘 갔다 와. 아버님 괜찮으실 거야."

용순이가 위로해 주었다. 이등칸에 올라 자리를 잡자 사람들이 빼곡했다. 시끌시끌하고 지저분한 이등칸이었다. 옆은 일등칸인데 그곳은 깔끔했다. 앉아 있는 사람들은 모두 일본 기모

노를 입은 숙녀이거나 신사복을 빼입은 신사들이었다.

"일등칸을 끊을 걸 그랬어."

주머니에 있는 지폐를 만지작거리며 창식이가 말했다. 하지만 말순이는 그런 말이 귀에 들어오지 않는 듯했다.

"……."

둘은 나란히 앉았지만 할 말이 없었다. 정주에서 평양까지는 꼬박 하루가 걸렸다. 기차를 타고 가는 동안 창식이는 뭐라고 위로의 말을 하고 싶었지만, 어설프게 위로하는 것은 도움이 안 된다는 것을 알기에 참았다. 말순이는 뒤늦게 정신이 드는지 창식이에게 말했다.

"창식아, 기차표 끊어준 거 고마워. 내가 나중에 갚을게."

"아니야, 괜찮아. 얼마나 된다고."

자기 돈도 아니지만 호기롭게 돈을 쓰니 기분이 좋았다.

평양역에 도착하여 말순이의 뒤를 따라갔다. 평양 병원으로 뛰어가는 말순이를 보며 창식이는 말순이가 아버지를 얼마나 걱정하는지 알 수 있었다. 말순이가 안내원에게 아버지의 이름을 말했다.

"이창봉 환자 어디 있습니까?"

"저쪽으로 가세요."

도떼기시장 같은 복도를 지나 입원실로 들어갔다. 병실 문을 열고 보니 몸 여기저기에 붕대를 감은 말순이의 아버지가 누워 있는 모습이 보였다. 곁에는 말순이의 엄마가 근심스러운 얼굴로 간호하고 있었다.

"아버지!"

"말순이 왔구나! 전보 치지 말라 그랬는데 왜 전보를 쳤나?"

옆에 있던 사람이 대답했다. 말순이의 언니였다.

"말순이도 알아야지요."

말순이는 이유부터 물었다.

"아버지 어쩌다 이렇게 되신 거예요?"

"아, 아버지가 글쎄 을밀대 쪽에 갔다가 불령선인(不逞鮮人)이라고 갑자기 검문당해서 저항하다가 이렇게 됐단다."

언니의 설명을 듣고 있던 말순이의 아버지가 입을 열었다.

"그게 아니고, 벗을 만나러 출타했는데……."

다쳤던 그날 이야기를 꺼냈다.

"아, 일본 순사들이 불심검문을 하더구나. 내가 벗 만나러 왔다 그랬더니 거기에 무슨 불순분자들이 있다고 빨리 가라는 거야. 내가 못 간다고 하니까 몽둥이로 사정없이 두들겨 팼어. 결국 주재소까지 끌려갔다 온 거란다."

"이럴 수가."

창식이는 들으면서 생각했다.

'거봐. 이러니까 힘에는 힘, 눈에는 눈, 이에는 이라고 했지.'

생각만 했지, 말을 꺼낼 순 없었다. 엄마와 언니는 꼬박 밤을 새웠는지 피곤한 기색이었다.

"언니, 어머니. 집에 갔다가 내일 와요. 내가 아버지 간호할게요."

"너는 여행해서 오느라고 힘들었잖니. 집에 가서 쉬어. 그런데 이 남학생은 누구지?"

말순이의 어머니와 언니는 그제야 내외하며 물었다.

"이 남학생은 나랑 같이 문학 활동하는 오산학교 친구, 창식이에요."

그제야 창식이는 학생모를 벗고 정중하게 인사했다.

"안녕하십니까? 박창식입니다."

"아이, 고마워요. 말순이와 함께 여기까지 와주다니요."

"아닙니다. 혼자 오기 힘들 것 같아서 제가 함께 왔어요. 친구니까요."

"어머니, 창식이가 기차표까지 끊어줬어요."

언니가 놀라서 말했다.

"그 돈을 꼭 갚도록 하겠어요."

"아닙니다. 괜찮습니다. 말순이랑 저는 친구인걸요. 그 정도
는 해줄 수 있습니다."

"그나저나 병원에서 자기는 힘드니까 우리 집에 가서 하룻
밤 자요. 우리 집에 방이 있으니."

언니의 제안에 창식이는 어떨까 싶었다. 여관이라도 가고 싶
었지만, 평양에서 학생이 여관에 들어가 잠을 자려면 어떻게
해야 하는지 알 수 없었다. 창식이는 못 이기는 척 말순이네 집
으로 따라갔다. 말순이네 집은 기와집에 문간방도 깨끗이 정
돈되어 있었다.

"누추하지만 손님 오면 쓰는 방입니다. 편히 주무세요."

"감사합니다."

말순이는 병원에서 아버지를 간호하고, 문간방에 누워 있는
창식이는 이것저것 생각했다. 어쩌다 자기가 이렇게 일제강점
기에 떨어져 평양의 한 기와집에서 잠을 자게 됐나 싶었다.

잠시 뒤 개다리소반에 정갈하게 차린 저녁 밥상이 들어왔다. 배고팠던 창식이는 맛있게 먹었다. 말순이에게 밥과 반찬을 가져다준다며 말순이의 언니가 다시 집을 나가려는데 창식이가 나섰다.

"제가 갖다주겠습니다. 병원 어딘지 압니다."

"정말요?"

"네. 제가 갖다주겠습니다. 말순이도 병원에서 심심해할 거 아닙니까?"

부득부득 우겨서 창식이는 밥을 싼 도시락을 들고 병원으로 다시 갔다. 몇 시간 사이에 얼굴이 더 수척해진 말순이가 아버지 곁에서 손을 주물러 주고 있었다.

"말순아, 도시락 가져왔어."

"정말 고마워. 내가 너에게 이렇게 신세를 지다니……."

"괜찮아. 덕분에 나도 평양 구경하고 좋지, 뭘 그래."

"그렇게 긍정적으로 생각해 주니 고맙다."

두 아이는 병실 밖 조용한 곳으로 갔다. 아무도 없는 걸 보고 말순이가 속삭였다. 그사이에 아버지에게 자세한 이야기를 들은 것 같았다.

"평양 경찰들 사이에서 첩보가 돌았던 모양이야. 독립운동 하는 사람들이 을밀대 부근에서 만날 거라는 첩보에 고스카이들이 모여들었대."

"그래?"

"우리 아빠가 거길 지나가다 걸린 거지."

"그랬구나."

창문 너머로 보이는 말순이의 아버지는 깊은 잠에 빠져 있었다.

"우리 집 잠자리는 어때?"

"괜찮아."

"거기 우리 아빠 서재야."

"너희 아버지 그나마 저 정도라서 천만다행이야."

말순이는 뭔가 결심한 듯 말했다.

"나 내일 다시 정주 가려고."

"내일? 더 오래 있지 않고?"

"응, 난 내가 할 일을 해야지."

"해야 할 일? 아 문화제 준비? 그거라면 걱정하지 마. 내가……."

"내일 오후 세 시쯤 평양역에서 만날래? 같이 돌아가면 좋을 것 같은데."

말순이가 창식이의 말을 끊고 물었다.

"어, 그럼 그럴까? 그러면 내일 평양역에서 세 시에 만나자."

창식이는 말순이의 모습이 어딘가 달라진 듯하다고 생각하며 평양 밤거리를 걷다가 말순이의 집으로 돌아갔다.

## 15

## 끌려가는 창식

다음 날, 말순이와 함께 밤늦게 정주로 돌아온 창식이를 보고 소월이가 물었다.

"말순 양 아버지 아주 위중하셨어?"

"좀 다치셨어."

창식이는 자초지종을 이야기해 주었다.

"글쎄, 불심검문에 걸려 저항하다가 폭행당하셨대."

"그래?"

소월이의 얼굴이 굳어졌다.

"타박상을 입으셨고, 훈방 조치로 나오셨다는데, 훈방되는 사람을 그렇게 두들겨 팰 수 있나 싶어 엄청 화가 나더라."

"그랬구나."

소월이는 뭔가 알고 있는 듯한 눈치였다.

"혹시 너 뭐 알고 있어?"

"사실은 말순이 아버님이 김억 선생님하고 일본에 같이 유학 갔다 온 우리 학교 선배님이셔."

"정말이야?"

"응. 평양 시내에서 알아주는 지식인이야."

"그랬구나. 그래서 말순이를 평양에 있는 학교에 안 보내고 이곳 정주까지 일부러 보냈구나."

"정주의 교육 분위기가 뜨거워서 유학을 보낸 거지. 말순이 아버지는 아마 일본 고등경찰이 감시하는 인물일 거야. 첩보가 있는 곳에서 배회하니까 의심한 거겠지."

"그러면 감옥에 갈 뻔한 걸까?"

"무슨 일로 거기에 가셨는지 모르겠지만, 아무런 증거가 없으니까 이번에는 경찰들이 별수 없이 폭행만 하고 풀어준 거겠지. 증거가 잡혔다면 아마 무사하지 못하셨을 거야."

창식이는 일제의 보안과 감시가 자기 주변까지 왔다는 것을 느낄 수 있었다.

일주일이 지나 창식이는 아이들이 부탁한 시화전의 그림을 다 그렸다. 그림을 받은 아이들은 창식이가 마련해 둔 여백에 자신의 시나 글귀를 정성껏 적어 넣으면 된다. 아이들의 들뜬 분위기는 이어졌고 정주에서 문화제가 벌어진다는 사실이 알려지자 정주 시민 모두 들뜬 분위기였다. 여기저기 벽보도 나붙었다.

*제1회 정주 학생 문화제*

*장소: 오산학교 강당*

*시간: 6월 20일 오후 5시*

*많이들 오시어 우리네 학생들의 뛰어난 문화를 감상하시오!*

문화제를 알리는 벽보가 모리나가 빵집 벽에도 붙어 있었다. 빵집에서 창식이와 말순이가 만났다. 명목상 이유는 그려놓은 그림을 전달하는 것이었다. 그런데 말순이는 문화제에 열정이 넘치던 예전의 말순이가 아닌 것만 같았다. 만나긴 만났는데, 표정이 밝지 않았다. 정신이 딴 데 가 있는 사람 같았다.

"이 그림 어때?"

말순이가 주문한 대로 창식이는 하얀 꽃이 바람에 흔들리는 그림을 그려왔다.

"음, 괜찮은 거 같아."

"이 그림에다가 너의 그 글 중에서 한 대목을 적어."

말순이는 붓으로 정성껏 글씨를 써넣었다.

*하얀 꽃잎이 아침 이슬에 젖어 슬프게 고개를 떨구고 있다. 꽃들은 햇빛을 갈망하지만, 거친 바람은 뿌리째 뽑으려 한다. 향기는 바람에 흩어져 사라지고, 그 잎사귀는 짓밟혀서 상처투성이다. 하지만 꽃의 씨앗은 언젠가 새로운 봄을 맞이할 희망을 품고 있도다.*

"아버지는 어떠셔?"

"퇴원하고 집에 계셔. 어떻게 맞았는지 정신이 맑지 않으시대."

"그래?"

"언니한테 편지가 왔어. 몸의 상처는 나아가는데, 머리 띵한 것이 계속된다고 해서 걱정이야."

고문 기술자인 일본 경찰들이 교묘하게 말순이의 아버지를 골병들도록 때렸을 거라는 생각이 들었다. 갑자기 소월이가 해준 우투리 이야기가 머릿속에 떠올랐다.

우투리의 부모는 의논한 끝에 아이를 데리고 지리산 깊은 곳으로 숨었다. 하지만 그새 온 나라에 우투리의 존재가 알려졌다. 이에 불안을 느낀 왕은 군사들을 보내 우투리를 잡으라 했다. 이를 알고 우투리는 감쪽같이 사라졌고, 장군은 우투리의 부모를 잡아 고문했다. 하지만 우투리의 행방을 모르기는 마찬가지. 할 수 없이 며칠 후에 풀어줬다. 집에 와 보니 우투리가 자기 때문에 고생한 부모를 눈물로 기다리고 있었다.

애써 분위기를 추슬러 문화제 준비라든가 이런저런 이야기를 나누고 말순이를 기숙사까지 데려다주기로 했다. 기숙사를 향해 걸어 올라가는데 말순이가 말했다.

"나 잠깐 친구 만나야 하는데 같이 갈 수 있어?"

"응. 그래."

밖이 어둑어둑하니 같이 가고 싶은 모양이라고 여긴 창식이

가 고개를 끄덕였다. 말순이는 안심하고 옆에 있는 좁은 골목
길 몇 군데를 꼬불꼬불 돌았다.

"왜? 친구 어디서 만나는데?"

"쉿! 아무 말도 하지 말고 따라와."

말순이는 으슥한 곳으로 스며들었다. 정주에서도 가난한 사
람들이 사는 곳이었다. 창식이도 처음 오는 곳이었다. 뒷골목
이 음침한 곳이라 학생들은 더욱이 자주 가지 않는 곳이었다.

"네 친구가 여기 산다고? 여길 왜 가는 거야? 누굴 만나기로
했는데?"

"비밀인데, 너에게만 말할게. 사실은 아버지 심부름을 해야
해."

"아버지?"

"응. 아버지 심부름."

말순이는 조용히 말해주었다.

"너니까 말하는 거야. 아버지가 사실은 의열단하고 연결돼
있으셔."

의열단이라는 말에 창식이는 깜짝 놀라 말했다.

"뭐? 그게 정말이야?"

"쉿, 목소리 낮춰! 이런 얘기는 아무한테도 하면 안 돼."

의열단이라면 일제가 가장 두려워하는 항일 무장투쟁 세력이었다. 폭력에는 폭력으로 맞서야 한다며 일제의 주재소를 습격하거나 친일 부자들의 집에 들어가 재물을 빼앗아 독립자금으로 쓴다고 했다. 그런데 소문만 낭자했지 실제로 그 실체를 보거나 아는 사람은 없었다.

"아버지가 사실은 평양에서 접선하려다 들킬 뻔하신 거야."

말순이의 이야기를 들어 보니 의열단의 남모르는 계획을 위해 말순이의 아버지가 정보를 주려다 실패해서 계획을 변경했다는 거였다.

"다시 정보를 주려고 했는데, 아버지는 감시가 심해서 내가 그 일을 대신하기로 했어."

"그럼 네가 밀정, 뭐 그런 거야?"

창식이의 심장이 빠르게 뛰기 시작했다.

"맞아. 내가 해드리기로 했어. 이곳 정주에서 오늘 만나기로 한 거야."

"그래?"

"어린 여학생이 하는 일이라면 일본 경찰도 쉽게 의심하지 않을 테니까."

그때였다. 저만치 골목 입구에서 일본 순사가 제복을 입고 지나갔다. 순찰을 하는 건지 미행하여 따라온 건지 알 수 없었다.

"언제 순사가 여기까지 왔지? 어떡해! 벌써 발각됐나 봐!"

말순이는 너무 놀라 부들부들 떨더니 이내 창식이를 잡아끌며 말했다.

"얼른 도망쳐야 해!"

그걸 제지한 건 창식이었다.

"아니야. 도망치면 쫓아와."

"그럼?"

"적의 심장부를 뚫어야 해. 나만 따라와."

창식이는 갑자기 기지를 발휘했다. 단추를 한두 개 풀고 모자도 삐딱하게 썼다. 그리고 갑자기 말순이의 허리를 와락 끌어당겼다.

"어머! 뭐 하는 짓이야?"

순식간에 말순이와 창식이는 포옹한 자세가 되었다. 봉긋한 말순이의 가슴이 딱딱한 창식이의 앞가슴에 살짝 닿았다. 깜짝 놀란 말순이가 창식이를 밀어내려 했다.

"잠깐만 이렇게 있어! 다 생각이 있어서 그래."

창식이는 낮은 목소리로 단호하게 말한 뒤 얼굴을 가까이 댔다.

"어이! 거기 누군가!"

순사가 둘을 발견하고 쉿소리로 크게 외쳤다.

말순이는 사시나무 떨듯 몸을 떨며 이제라도 주저앉을 태세였다. 그새 순사가 골목 안까지 들어왔다. 창식이는 황급히 말순이에게서 떨어지며 순사를 향해 걸어 나갔다.

"아이, 학생. 여기서 무슨 짓인가?"

"스미마셍! 죄송합니다."

순사는 뭔지 알았다는 표정으로 외쳤다.

"풍기 문란이다! 어디서 학생들이 이런 짓을 하는 거야?"

"죄송합니다."

"학생이 하라는 공부는 하지 않고, 연애질인가!"

"집으로 가겠습니다."

얼굴이 빨개져 고개를 푹 숙이고 있는 말순이를 보더니 순사는 빨리 꺼지라는 식으로 소리 질렀다.

"빨리 가라!"

순사가 등 뒤에서 지켜보는 걸 보면서 재빨리 움직였다.

"어서 여길 빠져나가자!"

창식이는 골목 반대편으로 뛰어나갔다. 그때 골목 안쪽에서 무슨 소리가 들렸다.

"쟤네 둘이에요!"

귀에 익은 목소리였다.

'누구더라?'

목소리의 주인공을 보려고 고개를 돌리려는 찰나에 삑- 하고 귀를 찢는 소리가 들렸다.

"정지! 서라!"

말순이와 창식이를 발견한 일본 순사는 호각을 불며 쫓아오고 있었다.

"넌 저기 숨어 있어. 내가 미끼가 될게."

말순이를 골목 한쪽에 숨겨놓고 창식이는 뛰었다. 잘못한 건 없었지만 일단 도망쳐야 할 것 같았다. 하지만 달리던 창식이 앞에 벽이 떡하니 서 있었다. 막다른 골목에 들어가 버린 것이다. 순사들이 요란하게 달려오더니 창식이를 업어치기로 넘겨 그대로 올라타 포박하고 말았다.

# 16

## 석방하라, 석방하라!

"너는 이말순이랑 언제부터 내통했나?"

"내통이라니요? 그냥 좋아하는 여학생일 뿐입니다."

"거짓말하지 마라!"

취조하는 조선인 순사는 냅다 창식이의 뺨을 갈겼다. 눈앞에
서 불똥이 번쩍 튀었다. 어려서부터 그림이나 그리며 혼자 조
용히 살던 창식이었다. 장난으로라도 누구와 치고받고 싸워보
질 않았고, 창식이의 아빠도 행패를 부릴 땐 항상 술에 취해 힘
이 풀린 상태였기에 누군가에게 뺨을 이렇게 세게 맞은 건 처
음이었다. 코에서 피가 주르륵 흘렀다. 소매로 코피를 닦았다.

"다시 한번 묻겠다. 너는 이말순과 언제 어떤 내통을 했나?

아비인 이창봉의 *끄*나풀이지? 의열단 첩자지?"

"아닙니다. 의열단이라뇨! 그런 건 모릅니다."

모르는 게 사실이었고, 창식이는 이 모든 상황이 억울했다. 하지만 그보다 함께 골목길에 숨었던 말순이의 안위가 궁금했다. 하지만 그걸 물어볼 수는 없었다.

"좀 맞아야겠구나."

순사는 창식이를 의자에 앉힌 채 손을 뒤로 결박했다.

"요씨!"

순사는 몽둥이를 가져와 치켜들었다. 창식이는 자기도 모르게 눈을 감았다. 다행히 몽둥이가 내려오진 않았다. 꽉 감았던 눈 한쪽을 슬며시 뜨니 몽둥이를 치켜들고 있는 순사의 험악한 얼굴이 보였다.

"이걸로 맞으면 어떻게 되는지 아는가? 대개 뼈가 부러진다. 괜히 다치지 말고 어서 말을 해."

"뭘 말하는지 모르겠습니다. 저는 말순이와 그냥 친구로서 만났고, 이번 문화제에 제출할 그림을 그려준 것뿐이에요. 어제도 친구 만나러 간다길래 제가 어두운 길에 보호해 주러 갔을 뿐입니다."

“친구 누구?”

“모릅니다.”

“의열단의 최광이를 만나기로 한 거 너도 알고 있잖아!”

순간 왼쪽 허벅지에 뜨거운 통증이 느껴졌다. 취조하는 순사
가 몽둥이로 내리찍은 거였다.

“으윽!”

극한의 고통이었다.

“이말순이가 다 불었다. 너도 자기와 같이 의열단 최광이를
만나러 가는 길이었다고 이야기했단 말이다.”

말순이도 골목에 숨어 있다 잡혀 온 듯했다.

“저는 모르는 일이라고요! 최광이인지 최광일인지가 누군지
도 모릅니다. 제발요. 엉엉!”

창식이는 목 놓아 울었다.

순사에게 잡혀 끌려와 어제 밤새 취조받고, 눈을 붙이는 둥
마는 둥 하고, 아침부터 끌려 나와 또 고문을 겸한 취조를 받
았다.

“똑바로 말해! 그러면 이 큰돈은 어디서 나온 거야!”

서랍 안에 숨겨둔 큰돈을 그들이 가져와 흔들었다.

그들은 창식이의 하숙집까지 들어가 방 안을 샅샅이 뒤진 모양이었다.

"그건 저희 부모님이 보내주신 걸 숨겨놨을 뿐입니다. 하숙방에 누가 들어와서 돈을 훔쳐 갈지도 모르기 때문입니다."

창식이는 될 대로 되라는 심정으로 부모님이 준 거라고 말했다. 하지만 그런 돈이 아니면 어쩌나 하는 생각도 들었다. 부모가 누군지도 모르는 상황이었다. 꿈이라면 이제라도 깨어나고 싶었다.

"이 돈을 가지고 네가 평양까지 간 거는 접선하기 위해서가 아닌가?"

"아닙니다. 말순이가 돈이 없다고 하고, 아버지가 입원했다고 해서 제가 도와줬을 뿐입니다. 정말 결백합니다."

옆에 있던 다른 순사가 와서 귀에 대고 뭐라고 속삭였다. 아마 그 말이 틀리지 않다고 말하는 것 같았다. 이미 탐문수사를 하고 온 모양이었다. 그렇게 같은 질문이 반복되는 폭풍 같은 취조가 끝난 뒤 창식이는 유치장에 다시 돌아가 누웠다. 유치장에는 여기저기서 끌려온 잡범들이 한 자리씩 차지하고 있었다.

"학생이 무슨 일로 이런 곳에 들어왔어?"

"독립운동했나 본데?"

먼저 들어온 사람들이 이것저것 물었다.

"아니에요. 오해받아서 끌려왔어요."

팔자에도 없는 주재소 유치장에까지 들어오자 창식이는 말할 수 없이 서러웠다. 말순이를 도와주려는 마음뿐이었는데 어쩌다 일이 이 지경까지 됐는지 알 수 없었다. 빨리 바깥으로 나가고 싶은 생각뿐이었다. 하지만 도와줄 사람도 없고 힘도 없는 처지였다.

"밖에 아는 사람 없어? 빨리 힘 좀 쓰라고 해. 여기 오래 있어 봤자 좋을 게 없어."

"아는 사람 없어요. 그리고 어떻게 힘을 써요?"

"변호사를 사달라고 해."

"아니, 아는 사람도 없는데 변호사는 또 어디서 구해요."

자신의 절망적인 상황을 인지하자 눈물이 다시 울컥 차올랐다. 지금이라도 다시 현대로 돌아가고 싶었다. 가난은 지긋지긋했지만 그래도 돌아가고 싶었다. 할머니가 있는 곳으로.

"흑흑……. 내가 왜 이런 일까지 겪어야 하는 건데……. 흑흑, 나 다시 돌아갈래!"

과거로 왔던 그때 상황을 돌이켜 보며 벽에 머리를 부딪치고 고함도 질러보며 이래저래 용을 썼지만, 변화는 전혀 없었다. 일본 순사들의 눈총과 경고만 받을 뿐이었다. 지쳐 벽에 기대어 있는데, 문득 전에 소월이가 해준 말이 떠올랐다. 소월이 아버지와 창식이 아빠는 고문과 미움이 언제 그칠지 모른다는 절망감 때문에 더 힘들었을 거라던. 창식이는 고문의 고통 속에 끙끙 앓으면서 한쪽 구석에 쓰러져 자신도 모르게 그대로 잠이 들었다. 그날 창식이는 아빠가 되어 회사 사람들의 눈총을 받는 꿈을 꿨다. 아주 길고도 슬픈 꿈이었다.

"무고한 학생 석방하라!"

창식이는 잠결에 들리는 고함에 떠지지 않는 눈을 힘겹게 떴다. 아까부터 주재소 밖이 소란스러웠다.

"억울한 학생을 내놓으시오! 석방하시오!"

"박창식이는 아무 죄가 없어요!"

주재소 창밖에서 들려오는 소리에 유치장 안 사람들이 웅성거렸다.

"이게 무슨 소리지? 학생이 이름이 박창식이야?"

옆에 있던 사람이 물었다.

"예."

"자네 석방하라고 지금 아이들이 와서 집단 시위하는구먼."

"집단 시위요?"

"응."

그러고 보니 친구들 목소리였다. 잠시 뒤에 순사들이 총칼로 무장하고 밖으로 나가는 모습도 보였다.

"당장 해산하라!"

바깥에서 순사들이 소리 지르며 아이들을 몰아내는 소리가 들렸다. 밖에 실제로 학생들이 와서 창식이는 죄가 없다며 석방해 달라고 용감하게 항의하는 중이었다. 주재소 정문 앞에 오산학교와 중앙여고보 학생 이십여 명이 몰려온 거였다.

"너희들 빨리 해산하라!"

"우리 학교 박창식 군은 죄가 없습니다. 우연히 그 장소에 있다 잡혔을 뿐입니다."

학교에서 나온 김억 선생님이 조목조목 따졌다.

"당장 학생들 데리고 돌아가시오."

일본 순사들은 무력으로 그들을 해산하려고만 했다. 점점 사람들이 몰려드는 것을 보자 총까지 꺼내 들었다.

"안 가면 쏜다."

창식이가 억울하게 잡혀 들어갔다는 소문이 이미 정주 시내에 널리 퍼져 있었다. 창식이는 괜한 오해를 받은 것이며, 진위를 제대로 파악하지도 않고 어린 학생을 잡아넣은 건 명백한 잘못이라는 게 오산학교의 입장이었다. 그래서 이렇게 학생들이 몰려와 시위하게 된 거다. 한참을 고성으로 시위하던 시위대는 반강제로 해산됐다.

그날 밤늦게 전에 취조하던 순사보다 조금 더 높아 보이는 사람이 들어왔다.

"박창식 나와라! 다시는 불량한 짓을 하지 않겠다고 각서를 쓴 뒤 석방이다."

그들이 원하는 대로 써주고 창식이가 밖에 나오자 소월이와 중섭이, 그리고 석이까지 정문 앞에 와서 창식이를 부축해 주었다.

"고생 많았지?"

그들은 비틀거리는 창식이를 떠메다시피 해서 하숙방에 눕혀주고 입에 미음을 떠먹여 주었다. 코딱지만 한 하숙방이지만 풀려나서 돌아왔다는 사실이 안도가 되었다. 친구들은 한 마디씩 했다.

"몸조리 잘해라."

"고맙다."

"아냐. 우린 네 친구잖아."

친구들의 우정이 이렇게 돈독한 것인 줄 몰랐다. 자칫 자신들이 위험해질 수도 있는 상황에서 목소리를 내준 친구들이 눈물 나게 고마웠다. 특히 소월이의 용기에 크게 감동했다. 이런 끈끈한 우정을 맺은 데는 비단 한민족이라는 사실뿐만이 아니라 함께 나눈 예술과 시간의 힘이 컸다. 아이들이 돌아간 후 창식이는 눈물 흘리며 생각했다. 이게 식민지의 비참한 현실이었다. 모든 권리와 인권이 유린당하니 말이다. 아무리 식민지 국민이래도 영장도 없이 학생을 체포하여 이렇게 고문했다는 사실에 창식이는 자다가도 벌떡 일어날 판이었다. 어쨌든 창식이는 혈기 왕성한 청소년이었기 때문이다.

그러다 창식이는 문득 자신과 말순이를 밀고한 목소리를 떠올렸다.

'쟤네 둘이에요!'

'분명 귀에 익은 목소리였는데, 누구지?'

목소리의 주인을 찾느라 한참을 고민하다 창식이는 까무룩 잠이 들었다.

# *만세 모의*

"야! 그림 오른쪽이 틀어졌어. 오른쪽 한 치만 올려."

오산학교 강당은 어수선했다. 먼저 완성된 작품들은 강당 벽에 못을 박아 전시하기 시작했다. 전시회까지는 일주일이 남았지만, 아이들은 수업이 끝나자마자 이렇게 모여 설치하고 있었다. 선별된 작품들이 도착하는 족족 걸기로 했다.

창식이와 소월이의 친구들도 모두 강당에 나와 땀 흘리고 있었다. 날씨가 더웠다. 아무리 문을 열어놔도 습한 바람이 후덥지근했다. 그래도 문화제를 준비하는 아이들의 손길은 신명이 났다. 나무 상자들을 가져다 쌓아서 무대를 만들고, 벽면의 지저분한 것을 가리는 헝겊도 드리웠다. 중앙여고보 여학생들이 와서 꾸미기를 맡았다. 작품을 벽에 걸거나 무대장치를 손보는 큰일은 남학생들이 했다. 창식이가 그린 그림도 여기저기 걸렸다. 소월이의 시와 다른 학생들의 그림, 시화도 한쪽 벽에 기대어 세워진 채 벽에 걸리기만 기다렸다. 군데군데 이빨이 빠진 듯 공간이 비어 있지만, 그곳은 앞으로 학생들이 그림을 완성해 오거나 작품을 준비해 오면 설치하기로 한 자리였다.

"너희들 수고가 많구나."

김억 선생님도 셔츠 소매를 걷어붙이고 작업을 진두지휘하며 아이들을 도왔다. 주먹구구로 그림을 설치하는 것이 아니라, 미리 도면으로 어느 그림을 어디에 설치할 것인지 치열하게 여러 차례 걸쳐 토론하고 정했다. 지금 그대로 작업이 이루어지고 있었다.

말순이는 평양 유치장으로 이송되어 여전히 나오지 못하고 있었다. 말순이만 생각하면 창식이는 우울해지는 가슴을 어쩔 수 없었다. 마치 이것은 돌덩어리를 가슴에 품고 있는 느낌이었다. 소문에 의하면 말순이가 쉽게 나오기는 힘들 거라고 했다. 게다가 나흘 전에는 충격적인 소문도 들려왔다. 소월이의 숙모가 말해준 것이다.

"말순이 아버지가 돌아가셨단다."

"예? 그게 정말이에요?"

"응. 다시 체포되어 감옥에서 모진 고문을 받고 그만 지병이 악화하여 돌아가셨대."

말순이를 위로해 주고 싶은 마음은 굴뚝같았으나 방법이 없었다. 말순이를 위해 그렸던 그림은 압수되어 사라졌다. 문구조차도 불량하다는 것이었다. 학교에는 엄명이 내려왔다. 설립자인 이승훈 교장 선생님도 강당에 직접 와서 아주 근심스러운 얼굴로 입을 열었다.

"제군들은 자중자애하길 바랍니다. 이번 문화제를 당국에서 유심히 관찰하고 있기에 나는 학생들이 체포되어 가는 것을 원치 않습니다. 여러분의 마음은 백번 이해합니다. 하지만 이번만은 부탁합니다. 오산을 지켜주세요. 우리 민족의 희망입니다."

하지만 학생들의 속은 부글부글 끓고 있었다.

대강 걸어야 할 그림들을 다 걸고, 창식이가 학교 뒤편의 우물에서 시원한 물을 한 모금 들이켠 뒤 강당으로 돌아왔을 때였다. 강당 분위기가 살벌해져 있었다. 순사와 고등경찰 몇 명이 와서 걸어놓은 그림들을 쳐다보며 오만한 표정으로 뭔가를 지시하고 있었기 때문이다.

"이거! 그리고 저거!"

들고 온 지팡이로 그림과 시화 작품을 마구 가리켰다. 그들 입에서 말이 나오는 순간, 그 작품들은 벽에서 떼어내야만 했다.

"뭐 하는 짓들입니까? 학생들 그림입니다."

뒤늦게 교무실에서 선생님들이 달려왔고 학생들도 우르르 몰려왔다.

"내용이 불순하다. 이런 걸 전시할 수는 없다."

함께 온 순사 무리는 가차 없이 그림을 떼어냈다. 창식이는 충격을 받지 않을 수 없었다.

"아니, 이건 학생들 작품입니다. 그냥 보고 즐기는 건데 왜 이러십니까?"

설립자 이승훈 선생님이 와서 점잖게 일렀다.

"떼라면 떼시오!"

주재소장 야마시가 의심의 눈초리로 벽에 걸린 작품들을 살펴보았다.

"저 사람, 다나카 아버지래."

"뭐? 다나카도 이번 문화제에 참여하는 걸 모르지 않을 텐데 저래?"

"다나카도 별수 없는 일본인인 거지. 문화제에 참여하기로 한 일본 애들 오늘은 아무도 안 왔잖아. 그렇게 열심이던 애들이……."

아이들은 웅성웅성했다.

"이럴 수가 있어? 우리가 열심히 만든 작품인데, 이게 무슨 잘못이 있다는 거야?"

모여 선 아이들이 웅성댈 때 용감한 녀석들은 걸렸던 자기 그림이 떨어지자 가서 항의했다.

"내 거는 왜 뗍니까? 이유를 말해주십시오."

하지만 소용없었다.

"건방진 놈의 자식! 잡혀가고 싶나? 이곳에 지금 불순한 기운이 떠돌고 있다는 거 다 알고 있단 말이다."

자리를 비웠던 김억 선생님도 뒤늦게 달려와 순식간에 사태를 파악하고 아이들을 말렸다.

"학생들, 흥분하지 말고 진정하게."

교사들은 혹시라도 불상사가 벌어질까 두려워 아이들과 순사들을 분리했다.

"선생님! 이게 말이 됩니까? 우리 학생들이 배움을 위해서 노력하고, 이러한 작품들을 설치했는데 이것을 떼어 가다니요?"

"참게. 자중하게."

"선생님들 실망입니다. 저희와 함께 싸우셔야지, 어찌 이러십니까?"

"학교만 지키려고 하면 답니까?"

아이들은 순식간에 분노의 화살을 김억 선생님을 비롯한 교사진과 교장 선생님에게 돌렸다.

"그렇지 않네. 제군들 내 말을 듣게. 지금 저들을 건드려 봐야 좋을 게 뭐가 있겠나? 이런 문화제가 취소되면 자네들이 생각했던 그러한 멋진 행사도 취소되는 거야. 정주시에 있는 사람들의 그 열띤 분위기가 사라지지 않겠나?"

"이왕 이렇게 된 거 무슨 상관있습니까?"

"저자들을 당장 밀어내야 합니다. 신성한 학교에서 무슨 짓입니까?"

학생들의 흥분은 좀체 가라앉지 않았다.

"물러가라! 물러가라!"

아이들은 마구 흥분해서 소리를 질렀다. 그때 순사들이 총을 들고 다가왔다.

"어떤 놈들이냐? 어서 해산하라!"

총의 개머리판으로 밀어붙이자 학생들은 하나둘씩 흩어지기 시작했다.

"당장 해산하지 않으면 문화제도 허락하지 않는다."

그들은 자동차에 학생들의 그림과 글을 되는대로 실었다. 가서 조사한 뒤 내용이 조금이라도 이상하면 추후 조처를 하려는 거였다.

창식이는 이미 주재소에 한 번 다녀와 근신 처분을 받았기에 방관자처럼 이 장면을 쳐다보고 있을 뿐이었다. 이게 바로 주권 없는 나라의 국민이 당하는 설움이라는 것을 절절히 피부로 느낄 수밖에 없었다. 시간이 지나자 학생들은 모두 해산해 각자 집으로 돌아갔다.


*우투리는 콩 한 말을 가져와 어머니에게 볶아달라고 했다. 콩을*

볶는데 한 알이 톡 하고 튀어나왔다.

"한 알 정도는 먹어도 되겠지."

어머니는 배가 고파 그걸 주워 먹었다.

우투리는 그 볶은 콩으로 갑옷을 만들었다. 하지만 어머니가 먹은 한 알이 모자랐다. 왼쪽 날갯죽지 아래를 가리지 못했다.

"어머니 조금 있으면 군사들이 다시 올 것입니다. 혹시 내가 싸우다 죽거든 뒷산 바위 밑에 묻어주세요. 그때 좁쌀 석 되, 콩 석 되, 팥 석 되를 함께 묻어주세요."

"그런 불길한 소리 하지 마라."

"아니에요. 걱정하지 마세요. 그리고 삼 년 동안은 아무에게도 묻힌 곳을 알려주면 안 됩니다. 그렇게만 하시면 삼 년 뒤에는 나를 다시 만날 수 있을 것입니다."


창식이는 우투리가 숨듯 자기 방에 들어와 이불을 뒤집어쓰고 누웠다. 시간이 어떻게 흘러가는지도 알 수 없었다. 날씨는 더웠지만 방문을 꽁꽁 닫아걸고 누워 움직이지 않았다. 독립 투쟁을 해야 한다고, 힘이 있어야 한다고 쉽게 말했으면서 고문당한 이후로는 두려워 아무 행동도 하지 못하는 스스로가 싫고 끔찍했다. 문화제고 독립이고 모든 게 귀찮았다. 생각하고 싶지 않았다. 그저 빨리 현대로 돌아가고 싶었다. 독립해서 자유롭게 살고 있는 대한민국으로……. 얼마 전까지만 해도 두려움 뒤에 숨는다며 아빠를 비난하던 자신이 이러고 있다는 게 역겹기도 했다.

'정말 나 같은 놈은 쓸모가 없는 놈이야.'

그때 찌릿하고 온몸에 반응이 왔다. 과거로 올 때 느꼈던 그런 반응이었다. 쓸모없는 놈이라는 말에 뭔가 조화가 일어나는 것만 같았다.

그런데 갑자기 방문이 열리며 소월이가 들여다보았다.

"창식아!"

"응?"

"잠깐 나와. 애들 왔다."

창식이는 마지못해 소월이의 방으로 건너갔다. 방 안에는 중섭이와 몇몇 학생들이 모여 있었다. 문화제를 준비하는 아이들이었다.

"오늘 있었던 일 보았지? 다른 학교 아이들과 이야기 나눴어. 참여하는 아이들 모두."

"무슨 일인데?"

친구들의 얼굴에 결기가 보였다.

"비밀인데."

그들은 속삭였다.

"이번 문화제 날 우리 모두 봉기하기로 했어."

"봉기?"

"응. 이대로 당할 수는 없어. 다시 한번 만세 운동을 벌일 거야."

등골이 오싹했다.

"만세? 총 쏘면 어떻게 하려고?"

"이래 죽으나 저래 죽으나 마찬가지 아니겠니?"

같이 참여하는 아이들이 주변의 눈치를 살피면서 말했다.

"그러다 너희들 진짜 죽으면 어떡하려고?"

"안 죽어. 우리는 평화로운 만세 시위를 하려는 거야."

"저자들에겐 평화가 없어. 너희들 그러면 안 돼. 위험하다고."

일제의 고문을 살짝 경험한 창식으로서는 최대한 힘을 내서 만류하고 싶었다.

하지만 창식이가 대세를 바꿀 수는 없었다. 피끓는 아이들은 이미 모든 걸 결정하고 다른 학교 아이들에게도 전달한 듯했다. 창식이의 마음이 어두워졌다.

# 18

## *얼룩진 문화제*

　　우여곡절 끝에 문화제 당일이 되었다. 학생들은 자기 교복을 깨끗이 빨아 입거나 다림질해 입고 길을 나섰다. 정주시에 크나큰 축제가 벌어진 셈이었다. 관심 있는 학부모나 시민들이 모두 들떠 오산학교 부근으로 모여들었다. 강당이 처음부터 사람들로 꽉 들어차기 시작했다. 날씨가 더워 창문은 있는 대로 다 열었고, 사방에서 풀벌레 소리가 들렸다. 학생들은 모두 흥겨운 기분이었다. 정주에서 처음으로 벌어지는 학생 문화제였기 때문이다. 시나 그림, 혹은 무용으로 참가한 학생들의 부모도 학교에 와서 같이 즐겼다. 일제의 검열로 빠진 작품의 자리는 다른 온건한 작품들로 채웠다.

창식이는 사람들이 모여드는 것을 보며 강당 안에서 마지막으로 작품들을 점검했다. 먼저 도착한 사람들은 벌써 전시된 작품을 읽고, 보며 연신 감탄했다.

"아이고, 잘 썼네!"

"학생들 솜씨가 장하오!"

관람객들이 시와 그림 작품 앞에서 기뻐하며 감상하는 걸 보자, 창식이는 예술이 사람들을 모아줄 거라던 말순이의 말이 생각나 가슴이 뭉클했다. 여기까지 오는 데 우여곡절이 많았다. 말순이는 여전히 풀려나지 못했다. 일본 경찰들은 이런저런 이유를 대며 문화제를 취소시키려고도 했다. 하지만 이승훈 교장 선생님이 나서서 전적으로 책임지겠다고 말했다.

"만약에 문제가 발생하면 내가 책임지겠소. 그러니 아이들이 준비한 문화제를 절대 취소시키지 말아주시오!"

주재소장과 담판 끝에 문화제는 이루어졌다.

선생님들은 강당에 모여 있는 아이들에게 당부했다.

"학생 제군. 학생들의 억울하고 피 끓는 마음은 누구보다 이해합니다. 1919년 3월 1일 만세 운동을 기억합니까? 운동에 참여했단 이유로 오산학교가 일제 경찰에 의해 불태워졌던 사건을 익히 들어서 알고 있겠지요? 이 학교를 다시 세우기까지 오랜 시간이 걸렸습니다. 민족 학교인 우리 오산학교는 조선의 독립을 위해 꼭 필요합니다. 이번 문화제를 이용해 학교를 압박하려 하는 지금, 괜히 일제의 덫에 말려들지 말자는 것입니다."

학생들은 모두 고개를 끄덕였다. 인근 학교의 학생들도 모두 다 수긍하는 듯했다. 하지만 중앙여고보 아이들은 반항의 눈빛이 가득했다. 말순이가 결국 정식 재판에 회부돼 이제는 돌아오지 못한다는 것을 알았기 때문이다. 언제라도 건드리면 터질 것 같은 중앙여고보 여학생들을 데려온 인솔 교사는 더욱더 예민하게 분위기를 관찰하고 있었다.

"여러분, 지나친 감정은 자제합시다."

이곳저곳에서 사람들이 모여 학생들의 작품에 감탄하고 있을 때, 드디어 문화제 개막 시간이 다가왔다. 사회자 마영일이 나서서 인사했다. 깔끔하게 양복을 입은 녀석은 마냥 해맑은 모습이었다.

"여러분 강녕하십니까? 오늘 드디어 역사적인 날입니다. 정주시에서 최초로 학교들이 연합하여 문화제를 개최했습니다. 공사다망하신 가운데 시간을 내느라 얼마나 고생이 많으셨습니까? 중간에 어려운 일도 다소 있었습니다만 난관을 이겨내고 이렇게 문화제 개막을 선언하게 되어 이 사람 무한한 영광이올시다."

그렇게 문화제가 개회되고 선생님들의 격려사와 각종 공연이 이어졌다. 사람들은 모두 처음 보는 문화 행사에 기뻐했다. 심지어 학교 앞에 엿이나 떡 같은 먹을 것을 파는 노점상까지 올 정도였다. 행사는 계속 이어졌다. 소월이가 무대에 올라가 자신의 시 〈산유화〉를 낭송했고, 다른 학생들도 가나다순으로 차례차례 자기 글을 읽거나 시를 낭송했다. 중섭이의 그림은 특히 인기가 좋았다. 많은 사람이 그의 그림 곁에 모여 구경하며 칭찬해 마지않았다. 물론 창식이의 그림을 보고도 모두 문화적 충격을 받는 듯했다.

"특이한 그림이야."

"요즘 보기 드물어."

그렇게 한쪽에서는 시 낭송이 이어지고 벽에 걸린 시화는 사람들이 오고 가면서 감상했다. 그렇게 행사가 마무리될 무렵이었다. 창가를 준비한 중앙여고보의 말순이 친구가 노래를 불렀다. 순서는 예정된 것이지만 노래가 달랐다. 그것은 바로 애국 창가였다.

*아시아에 대조선아*

*창창미래 확연하다*

*분골하고 쇄신토록*

*충군하고 애국하세*

*깊은 잠을 어서 깨어*

*부국강병 진보하세*

*합심하고 일심되어*

그 노래가 강당에 울려 퍼지며 사람들 눈이 휘둥그레질 무렵 뒤에 서서 감시하고 있던 일본 경찰들이 호각을 불며 소리쳤다.

"중지! 중지! 당장 해산하라!"

학부모인 줄 알았던 사람들이 갑자기 무대 위로 난입했다. 그들은 언제 왔는지도 모르게 사복을 입고 숨어 들어온 고등경찰이었다. 여기저기서 여학생들의 비명이 난무했다. 책상에 놓이거나 벽에 붙어 있던 예술품들이 함부로 나뒹굴었다.

"이게 무슨 짓이오!"

교사들이 나서 항의했다.

"당장 중지하란 말이다!"

경찰들도 소리쳤다. 학생들은 모두 바깥으로 밀려 나갔다. 운동장과 학교 교문 부근에 있던 학생들이 갑자기 품에 있던 태극기를 꺼내 들었다.

"대한 독립 만세!"

"만세!"

문화제가 열리던 학교는 순식간에 시위 현장으로 바뀌었다. 사람들은 우왕좌왕 소리 지르고 난리가 났다. 사태를 파악한 뜻있는 몇몇 어른들은 함께 만세를 불렀다.

"만세!"

허둥대며 달려 나온 교사들이 이들을 제지하려 애썼다.

"어서 중지하게! 학생 제군들! 자네들이 다칠 수 있어!"

자제를 시켰지만, 소용이 없었다. 이미 불씨가 던져졌기 때문이다. 그들의 눈빛은 이글이글했다. 일제 탄압에서 벗어나고야 말겠다는 의지가 보였다. 그러자 곧 교사들도 학생들과 시민들의 행렬에 함께했다.

창식이는 재빨리 학교 앞을 빠져나가 약속 장소를 향해 달렸다. 학생들은 놀랍게도 이런 사태를 예측하였다. 사실은 이곳에서 만세를 크게 부르고 정주역에서 집결하기로 한 거다. 이른바 소리는 동쪽에서 지르고 서쪽을 치는 격이다. 정주역으로 달려가 보니 축제에 오지 않은 정주시에 있는 학교의 학생들 수백 명이 모여 있었다. 모두 이미 만세 시위를 하고 있었다.

"만세! 대한 독립 만세!"

지나가는 기차에 탔던 승객들이 일제히 창문을 열고 밖을 내다봤다. 승객 몇 명도 기차 안에서 목이 터져라 만세를 불렀다. 태극기가 여기저기서 흔들리자 이걸 본 사람들은 모두 놀라서 두려워했다. 또다시 만세 운동이 시작되는 건가 싶었다.

# 19

## *아리랑*

  만세 소리는 짙은 먹구름이 잔뜩 낀 하늘을 이고 있는 정주
역을 무너뜨릴 것처럼 울려 퍼졌다. 영문도 모르고 달려 나와
구경하던 군중 가운데 일부 가세했고, 나머지는 자신들의 신변
에 위협을 받을까 봐 집 안으로 들어가 문을 꽁꽁 닫아걸었다.
하지만 지나가던 행인들의 가세는 그칠 줄 몰랐다. 정주역 앞
광장에는 순식간에 수백 명의 만세꾼들이 가득 차게 되었다.

  "만세! 만세!"

  마음껏 만세를 부르며 모두 눈물 흘렸다. 그 무리 속에서 함
께 만세를 외치고 있자니 창식이에게 대단한 감동이 밀려왔
다. 3·1운동이 끝난 뒤 일제의 폭압이 시작되며 사람들은 다

시금 억눌렸고, 우리 민족에게는 미래가 없다고 생각하고 있었다. 그런데 이렇게 오산학교 학생들이 주동하여 만세를 부르자 사람들은 앞뒤 잴 것 없이 달려 나와 만세에 동참했다. 군중심리일 수 있지만, 무서운 파괴력을 가지고 있었다. 허를 찔려서인지 순사들은 보이지 않았다.

학생회장인 박철우가 단상에 올라가 외쳤다.

"여러분! 우리가 언제까지 이렇게 일제 치하에서 희생하고 고통받아야 합니까? 여러분, 독립을 이루기 위해 모두 앞장섭시다!"

"만세!"

만세 소리가 마구 터졌다. 결기를 돋우는 고함이 한참 울려 퍼지더니 일행은 서서히 뱀처럼 움직이기 시작했다. 그대로 주재소를 향해 달려갈 태세였다. 물론 맨 앞에는 오산학교와 중앙여고보 학생들이 있었다.

"대한 독립 만세!"

무리에 섞여 목이 터져라 만세를 외치며 창식이는 난생처음 큰 희열을 느꼈다.

'그래, 바로 이거야!'

이거였다. 모두가 함께한다는 느낌. 이런 느낌으로 독립투사들이 만세 운동을 하고, 목숨 걸고 만주 벌판을 달렸던 거다. 이제야 완벽하게 이해했다. 만세 소리가 끝없이 이어지는 가운데 창식이는 갑자기 수업 시간에 배운 영화 〈아리랑〉이 생각났다.

*'슬퍼하지 마십시오. 저는 이 삼천리강산에 태어났기 때문에 미쳤고, 사람을 죽였습니다. 저는 이제 죽으러 가지만 이것은 죽는 것이 아닙니다. 갱생하러 가는 거니까 눈물을 거두시오.'*

잡혀가며 불렀다는 〈아리랑〉 노래가 얼마나 절절한 것인지 알 것만 같았다. 창식이는 자기도 모르게 〈아리랑〉을 부르기 시작했다.

"아리랑 아리랑 아라리요 아리랑 고개로 넘어간다."

〈아리랑〉은 전염성 있는 노래였다. 순식간에 역 광장에 아리랑 합창이 울려 퍼졌다.

*청천 하늘엔 별도 많고*

*우리네 살림살이는 말도 많다*

*아리랑 아리랑 아라리요*

*아리랑 고개로 넘어간다*

*풍년이 온다네 풍년이 온다네*

*이 강산 삼천리에 풍년이 온다네*

*아리랑 아리랑 아라리요*

*아리랑 고개로 넘어간다*


투박하지만 웅장하고 아름다웠다. 창식이의 눈에서는 자기도 모르게 뜨거운 눈물이 흘러내렸다. 전체가 하나 된다는 것이 무엇인지 알 것 같았다. 그때였다.

탕! 탕!

주재소 쪽에서 총성이 들렸다.

"으악!"

사람들은 총성에 비명을 지르고 몸을 웅크리며 흩어지기 시작했다.

"모두 잡아라!"

연락을 받았는지 주재소 순사와 경찰이 완전무장하고 달려왔다. 그들은 모두 총을 들고 착검까지 하고 있었다. 닥치는 대로 찔러 죽이겠다는 거였다. 하지만 총은 기선 제압용이었고 일단 시위 군중을 보더니 그들은 개머리판을 이용해 닥치는 대로 후려 패기 시작했다.

"에잇!"

"악!"

곤봉과 개머리판이 군중 사이에서 난무하자 사방에서 비명이 울려 퍼졌다. 일선에서 그들에게 저항하고 있는 이들은 건장한 오산학교 학생들뿐이었다. 미처 피하지 못한 중앙여고보 학생들의 흰 치마저고리가 마치 나비처럼 흩날렸다.

"이런!"

창식이는 자기도 모르게 혈기로 주먹 쥐고 달려들었다.

"에잇!"

기합을 넣으며 여학생을 개머리판으로 치고 있는 일본 경찰의 목덜미를 주먹으로 가격했다. 하지만 어린 학생이 훈련된 경찰의 목덜미를 치기에는 한계가 있었다.

"뭐냐?"

저승사자 같은 눈빛으로 일본 경찰은 창식이를 돌아다보았다. 순간 창식이는 도망치기 시작했다. 도망치는 군중 사이로 섞여 들어갔다. 사방에서 공포를 쏘아대며 진압하는 아비규환이 벌어졌다. 이미 해는 지고 이 처참한 장면을 더 이상 볼 수 없었는지 하늘에서는 부슬부슬 비까지 내렸다. 어둠이 밀려왔다. 만세 소리는 정주시 여기저기에서 울렸다. 산발적인 공포탄 소리. 시간은 벌써 밤 여덟 시에서 아홉 시로 가고 있었다. 시위대는 흩어졌는데 일본 경찰은 끝까지 시위대를 쫓아다녔다. 잠시 후, 지축을 울리며 기마 경찰이 달려왔다.

"해산하라!"

그들은 말 위에서 곤봉을 휘두르며 군중을 해산시켰다. 이제 역 앞 광장과 도심엔 도망치는 초식동물을 사자가 쫓는 것 같은 장면이 연출되고 있었다. 창식이도 있는 힘껏 달렸다. 저번에 한 번 체포됐던 창식이다. 다시 체포되면 심각한 일이 벌어질 게 분명했다. 으슥한 골목으로 숨어도 샅샅이 뒤지는 경찰에게 분명 잡힐 거라는 것을 경험으로 알았다.

'그래. 차라리 등잔 밑이 어둡다고 했어.'

이것도 경험이라고, 창식이는 골목길이 아니라 정주역 옆에 자리한 번화한 양품점과 의상실 사이의 건물 틈으로 스며들었다. 사람 하나가 간신히 모로 서서 들어갈 만한 삼사십 센티미터 정도의 공간이었다. 밖에서 보면 절대 사람이 들어갈 만한 공간으로는 보이지 않는 개나 고양이의 길이었다. 안에는 지린내가 진동했고, 먼지와 거미줄이 얼굴을 온통 감았다. 하지만 지금 그건 문제가 아니었다. 도로의 환한 가로등 조명이 실낱처럼 들어오는 곳에서 꼼짝하지 않고, 마치 벽과 벽 사이에 있는 정물인 것처럼 얼어붙어 있었다. 숨이 옥죄어 왔다. 순간 말순이와 함께 숨었던 기억이 살아났다. 다른 점이 있다면 지금은 말순이가 없고, 비가 부슬부슬 내리며, 남몰래 숨어서 정물이 되어 있다는 점이었다.

우투리의 심정이 그려졌다.


그러고 다시 관군들이 들어오자 우투리가 그 앞에 나섰다.

"웬 놈들이냐?"

관군은 겁을 먹고서 가까이 오지 못했다. 멀리서 활만 쐈다. 하지만 콩 갑옷을 뚫지는 못했다.

"공격하라!"

우투리가 왼팔을 들어서 군사들을 지휘할 때, 콩 한 알이 모자

*라 생긴 구멍으로 맨살이 보였다. 그곳에 정확하게 화살 하나가*
*날아와 꽂혔다.*


잠시 후 익숙한 목소리가 또 들렸다.

"저 김소월이 주동자입니다."

'마…… 영일?'

분명 아까 사회 보던 영일이의 목소리와 일치했다. 그리고
말순이와 함께 도망칠 때 들었던 목소리와도.

곧이어 소월이가 골목길 쪽으로 도망치는 모습이 보였다. 소
월이를 쫓는 경찰 뒤로 믿을 수 없는 장면이 펼쳐졌다. 마영일
이 소월이를 가리키며 함께 쫓아가고 있었다. 일본 경찰과 함
께 다니며 일일이 주동자를 지목해 주고 있었던 것이다.

'이, 이럴 수가!'

책에서나 보던 배신자, 아니 친일파가 마영일이었다니. 너
무나 큰 충격이었다. 게다가 이번 문화제에 마영일을 준비 위
원장으로 쓰자고 제안한 사람은 창식이 자신이었다. 소월이가
곤봉에 맞았는지 애처로운 비명이 울려 퍼졌다. 부들부들 떨
며 바깥의 광경을 상상하니 더욱 몸이 굳었다. 그러고 보니 부

득부득 문화제에 참여하겠다고 했던 마영일의 이상한 태도가 이해되었다.

'저 자식이……. 피도 눈물도 의리도 없는 놈.'

마영일을 향한 분노도 잠시, 석이와 중섭이 그리고 다른 친구들은 다 어떻게 되었을지 걱정됐다. 총을 든 경찰들이 소리 지르며 이리저리 뛰는 모습이 보였다. 잠시 후 그들은 도망치던 학생들 몇을 붙잡아 개 끌듯 데리고 갔다. 그들이 지나가는 장면이 건물과 건물 사이의 좁은 틈으로 다 보였다. 소월이도 지나가고, 옆에서 함께 끌려가는 학생은 중섭이었다.

그 좁은 틈은 마치 방송국의 주조정실 같았다. 역 광장이 보이는 건물 틈에 숨어 있자니 광장에서 일어나는 일이 한눈에 들어왔다. 여기저기서 학생들이 체포되어 끌려가는 광경도 보고 말았다. 차라리 멀리 도망가다 잡히는 것이 나을 지경이었다. 비겁하게 숨어서 이렇게 구경하고 있는 자기 자신이 너무나 싫고, 마음이 고통스러운 창식이었다.

어느새 폭우로 변한 비는 벽과 벽을 타고 흘러들어 창식이의 몸을 흠뻑 적셨다. 이런 상황에서 창식이는 아무런 도움이 되지 못했다. 겁 많고 성급한 루저였다. 역사의 흐름에 그 무엇도

기여할 수 없는 쓰레기, 겁쟁이, 그게 박창식이었다. 너무나 자괴감이 커져 자신도 모르게 중얼거렸다.

'박창식 꺼져버려! 이 지구에서 사라지라고!'

그 순간 창식이는 세상이 온통 까매지는 것을 느끼며 정신을 잃었다.

# 20

## 미술 축제

"티켓 여기 있어요."

낯선 여학생이 티켓을 내밀었다.

"네?"

"이 번호표 행운권 상자에 넣는 거잖아요?"

"네? 아, 네."

창식이는 정신을 차리고 주변을 살폈다. 넓은 체육관에 남녀 학생들이 여기저기 다니며 벽에 걸린 그림들을 구경하고 있었다. 마음에 드는 그림은 스마트폰으로 찍거나 그림을 배경으로 하여 셀카를 찍고 있었다. 낯익은 오산중학교 교복을 입은 학생들이 체육관 안에 바글바글했다.

"저기요! 뭐 하세요?"

여학생이 창식이의 손을 보고 있었다. 고개를 숙여 보니 자기가 작은 가위를 들고 있는 게 아닌가. 그리고 옆에는 투명 아크릴로 만든 정사각형의 행운권 추첨함이 있었다.

"행운권 자르고 주세요."

여학생이 내민 티켓에는 번호가 인쇄되어 있었다. 서둘러 가위로 번호가 적힌 부분을 잘라 집어넣고 여학생에게 티켓을 돌려줬다.

'여, 여기가 어디지?'

창식이는 어느새 현대로 돌아와 있었다. 서울의 오산중학교 체육관은 지금 미술 축제 행사장으로 변해 있었다. 사방에 학생들이 만든 조각이나 설치 미술 작품들이 전시되었다. 단상 위에는 포장지로 싼 선물 상자들이 수북이 쌓여 있었다. 인근 학교의 학생들이나 학부모들까지 모두 와서 구경하고 있는 게 아닌가. 여기저기서 몰래몰래 창식이의 얼굴을 찍는 학생도 보였다.

"어머, 너무 잘생겼어."

"인스타에 올려야지."

가끔은 용감한 여학생들이 다가와서 팬심으로 사진을 찍자고 했다.

"저랑 셀카 하나만 찍어주면 안 돼요?"

창식이는 얼떨결에 그 핸드폰에 얼굴을 내밀었다. 분명히 아까까지만 해도 정주역에서 만세를 부르던 창식이었다. 자기 몸을 살펴보았다. 현대의 산뜻한 오산중학교 교복을 입고 있었다. 시커먼 일제강점기의 교복이 아니었다. 마치 꿈에서 깬 것처럼 현실로 돌아온 거였다.

'이게 어떻게 된 거지?'

주변을 둘러보니 낯익은 친구들이 여기저기 흩어져서 자기 작품을 소개하고 있었다. 선생님들도 와서 흐뭇하게 학생들의 행사 진행을 지켜보았다.

'어, 어떻게 돌아왔지?'

아까까지 정주역의 상황이 생생했는데, 어느새 현대로 돌아와 미술 축제에 참여하고 있다니. 그때 마민식이 다리를 절며 다가왔다.

"창식아, 우리 주인공에게 행운권이나 잘라 넣는 일을 시켜서 미안해. 사람이 없으니 우리가 일인 십역을 해야지."

"이, 이게 무슨 일이야?"

"이따 행사 끝나면 행운권 추첨해서 저기 있는 선물들 나눠 줄 거야. 그런데 너, 또 어디 아프냐?"

"뭐?"

"왠지 다시 전처럼 어리바리한 기운이 팍 풍긴다?"

"내가?"

"그저께까지 꼬박 밤을 새워 그림을 그리더니, 드디어 피곤해서 맛이 갔구나."

금시초문이었다. 그래도 궁금한 건 물어봐야 했다.

"나 미술 축제 참여 안 한다고 했잖아?"

"그랬지. 그래놓고 갑자기 나한테 와서 한다고 했잖아. 머리는 조폭처럼 박박 깎고……. 그림도 그릴 거라면서 나랑 의논했잖아."

어이가 없었다.

"뭐? 근데 오늘 며칠이야?"

"얘 봐라, 오늘 16일이잖아. 12월 16일. 다음 주면 겨울방학이잖아."

창식이는 충격을 받았다. 현대에서 떠나 과거로 갔다 오느라

두 달 정도의 시간이 흘러 있었던 것이다. 모든 게 뒤죽박죽이었다.

"내가 여기 있었다고?"

"무슨 소리야? 어제 나랑 같이 걸개그림 찾아왔잖아."

창식이는 충격에서 헤어날 수 없었다.

"그러면 내 친구들은?"

"친구들? 다 여기 있어. 신나서 폼 잡고, 별로 잘 그리지도 못한 자기 그림, 저기서 침 튀기며 설명하고 있잖아."

창식이는 답답해 미칠 것만 같았다. 티켓의 행운권을 잘라 추첨함에 넣으면서도 정신이 없었다. 이윽고 새로 들어오는 학생들이 뜸해지자 창식이는 다시 한번 옆에 있는 미술부 친구에게 물었다.

"내가 이 미술 축제에 내 발로 참여했다고?"

"미술부 등록까지 했잖아. 너 무지 열심히 하던데? 내가 본 것 중에 최고로 열심이었어. 우리 미술부 애들이 너한테 자극 많이 받았잖아."

믿을 수가 없었지만, 행사는 계속되었다. 시간이 흐르자 사회자의 진행에 따라 교장 선생님이 나와서 개막 선언을 했다.

"여러분! 역사와 전통을 자랑하는 우리 오산중·고등학교 미술 축제에 와주셔서 감사합니다. 우리 오산학교는 역사적으로 훌륭한 선배님들을 배출한 학교예요. 뛰어난 문인들도 있지요. 김소월, 백석 시인과 이중섭 화백이 다 우리 학교 출신입니다. 그 후배답게 좋은 작품을 많이 전시했으니 즐겁게 감상하시고 학생들 많이 격려해 주시기를 바랍니다."

슬슬 벽면을 살펴봤다. 하지만 창식이 자신이 그렸을 것 같은 그림은 어디에도 없었다.

"야, 마민식, 내 그림 어디 있어?"

"하! 얘 좀 봐라. 네가 갖고 있겠지. 패드 봐봐."

"패드?"

녀석의 손가락이 체육관 모퉁이에 있는 가방을 가리켰다. 열어 보니 창식이가 쓰던 패드가 있었다.

"너 패드 사용법 나한테 물어본 거 기억나냐?"

"내가 그랬다고?"

"응. 단기 기억상실이라나 뭐라나. 그러더니 결국은 깔삼한 작품을 만들었지."

패드에 있는 그림을 재빨리 확인했다. 놀라운 작품들이 그려져 있었다. 모두 처음 보는 것들이었다.

'이, 이걸 내가 그렸다고?'

창식이는 입을 틀어막고 싶었다. 그 가운데 오산학교 학생 수백 명이 태극기를 들고 흔들며 만세를 부르는 그림은 놀라웠다. 물론 뒤쪽의 학생들 얼굴은 다 미술부원이었지만, 맨 앞에 서서 주먹을 휘두르는 아이들은 바로 소월이, 석이, 중섭이 그리고 과거의 오산학교 친구들이었다.

"그래. 이게 바로 이번에 네가 그린 걸개그림이야."

"이, 이럴 수가!"

"밖에 잘 걸려 있어. 저거 출력하느라 돈 많이 들었잖아."

창식이는 자리를 박차고 바깥으로 나갔다. 고개를 돌려 체육관 정면 벽을 보는 순간 창식이는 쓰러질 뻔했다. 거기에는 가로세로 십 미터는 될 것 같은 거대한 걸개그림이 걸려 있었다. 패드에 있는 그대로였다. 피를 토하듯 만세를 부르며 달려가는 학생들의 뜨거운 얼굴이 거기 오롯이 담겨 보는 이의 가슴을 뛰게 했다.

"아아!"

뒤늦게 체육관으로 들어오던 미술 선생님이 창식이를 보고 말했다.

"창식아! 이 그림, 대단하다! 선생님들 모두 감탄했어. 학교 바깥에 있는 사람들도 이 그림 보려고 들어오더라. 이중섭의 뒤를 이을 후배가 나타났다고 다들 난리야."

그 자리에서 창식이는 주저앉을 뻔했다.

"이 그림을 제가 그렸다고요?"

"그래. 보고만 있어도 피가 끓는 그림이지? 너도 믿어지지 않는 모양이구나."

자신도 모르게 창식이의 눈에서 눈물이 흘렀다. 친구들은 지금 일제의 총칼 아래 짓밟히고 있을 텐데, 자기는 무책임하게 현대로 돌아와 버린 것이었다. 그토록 간절히 돌아오고 싶었는데, 마음은 전혀 기쁘지 않고, 울화통만 터질 뿐이었다. 문화와 예술 따위는 소용없다고 했던 자기 모습이 떠올랐다. 너무나 부끄러웠다. 문화, 예술이야말로 강한 힘을 가진 것이고, 그것이 있었기에 오늘날 우리가 독립하여 자유를 누리며 살 수 있다는 사실을 몰랐기 때문이다. 뜨거운 눈물이 멈추지 않고 흘러내렸다. 소월이가 해준 우투리 이야기의 마지막이 생각났다.

군사들이 물러가자 우투리의 부모는 숨을 거두기 전 우투리가 말한 대로 곡식을 준비해 뒷산 바위 밑에 묻어주었다. 나라는 다시 안정되었다. 그러나 몇 년 뒤 백성들 사이에서 우투리가 아직도 살아 있다는 소문이 돌았다. 이번에는 왕이 직접 군사를 거느리고 지리산으로 쳐들어왔다.

"우투리를 어디에 묻었나? 무덤을 확인해야겠다."

부모를 협박하고 고문하자 견디지 못한 어머니가 장소를 알려주었다. 장소는 뒷산 바위 밑. 군사들이 가서 바위 밑을 파보았지만 아무리 파도 아무것도 나오지 않았다. 이번엔 바위를 열어보려 했지만, 방법이 없었다.

"이 바위는 어떻게 여느냐?"

우투리의 아버지가 고개를 내젓자 악랄한 왕이 어머니의 목에 칼을 대고 물었다. 결국 왕은 바위의 비밀을 알아냈다.

뒷산으로 가 억새로 바위를 치자 바위가 갈라지며 안이 보였다. 우투리를 묻을 때 같이 묻은 곡식들이 그 안에서 병사가 되고, 말과 무기로 변해 있었다. 하지만 열린 틈으로 바람이 들어가자 그 많은 병사가 녹듯이 사라졌고, 그 뒤에 있던 우투리도 사라졌다. 기약했던 삼 년에서 딱 하루 모자라는 날이었다.

자신이 과거로 간 사이 현대의 시간에 대신 왔던 창식이는 도대체 누구였을까. 이런 생각에 정신이 다 혼미해지는 창식 이었다.

# 21

## 다른 창식이가 만든 기적

창식이는 저만치 집이 보이자 가슴이 떨리기 시작했다. 자신이 없는 사이에 할머니가 돌아가시지나 않았을지 걱정되었다. 하지만 동네를 보니 그간 크게 변한 것은 없는 듯했다. 할머니의 손수레가 그대로 집 앞에 놓여 있었기 때문이다. 창식이는 오랜만에 오는 자기 반지하 집으로 조심스럽게 내려갔다. 문을 열고 들어서자 할머니가 태연하게 저녁 준비를 하고 있었다.

"창식이 왔냐?"

"네. 할머니."

할머니는 도마에 칼질하며 창식이를 힐끗 바라보았다. 이상한 낌새라도 있을까 했지만, 무심한 표정이었다. 달라진 점은 할머니 표정이 예전보다 밝아졌다는 것 정도. 창식이가 머리를 빡빡 깎은 모습인데도 전혀 이상해하지 않고, 무슨 일이냐 묻지 않았다.

"그래, 전시회는 잘했니?"

그때 안방 문이 열리며 깔끔한 점퍼 차림의 아빠가 나오는 것이 아닌가.

"헉!"

아빠와 대판 싸우고 집을 나온 기억이 떠올라 창식이는 흠칫 놀랐다. 그런데 놀랍게도 아빠는 창식이를 보고 밝게 웃었다.

"아들 왔니? 오늘 미술 축제 한다고 하더니, 잘했니? 못 가서 미안하다. 어땠는지 나중에 알려줘, 아빠 일하러 갔다 올게."

창식이는 귀를 의심했다. 믿을 수 없었다. 아버지 얼굴에 활기가 돌고 있었다. 술 먹고 알코올에 찌들어 있던 예전 얼굴이 아니었다.

'어떻게 된 일이지? 알코올중독자였잖아.'

눈치를 살피며 자기 방으로 들어가 보았다. 방도 놀랍도록 바뀌어 있었다. 방 안에 있는 물건들이 모두 반듯하게 각이 잡히고 정돈돼 있었다. 평상시 창식이의 방은 돼지우리에 소송을 걸어도 이길 정도였다. 그런데 그런 방이 흰 장갑 끼고 쓸어도 먼지 한 톨 묻어나지 않을 만큼 깨끗하게 바뀌었다.

"이, 이럴 수가."

할머니가 이렇게 정리했을 리는 없었다. 과거에서 스위치되어 온 창식이가 한 일이 분명했다. 아이들도 과거에서 온 창식이와 잘 지낸 듯했기 때문이다. 여기에서 이상한 낌새를 보일 수는 없었다. 창식이는 얼른 화장실에 들어가 세수하고 나왔다. 할머니가 요리한 고등어구이와 시래깃국 냄새가 집 안에 진동했다.

"어서 밥 먹어라. 네가 좋아하는 시래기 된장국이다."

하숙집에서 소월이의 숙모님이 끓여주던 그 된장국 냄새와 비슷했고, 맛도 그 맛이었다. 할머니 얼굴이 밝게 피어 있었다.

"아빠는 어디 가는 거예요?"

"어디 가다니? 요즘 대리운전하잖아?"

"알코올중독자가 대리운전이요?"

"너희 아빠 술 끊은 지 좀 됐잖니. 창식이 네가 아빠를 위로하면서 술 끊으라고 얘기했잖아?"

믿을 수 없었다. 과거에서 온 창식이가 아빠를 어떻게 변화

시켰단 말인가. 그간 사연을 말해봐야 할머니 정신만 사나울 게 뻔했다. 그냥 창식이는 꾸역꾸역 밥을 먹었다. 입인지 코인지, 어디로 들어가는지 알 수 없었다. 오랜만에 할머니가 해준 밥을 먹으니 감격스럽긴 했지만, 이 뒤엉켜 있는 일들을 어떻게 정리해야 할지 알 수가 없었다.

"제가 좀 이상해졌었어요?"

"너 그날, 네 아빠랑 한판 하고 나가서 한참 안 들어오길래 이 할미가 나가서 붙잡아 왔잖니? 그새 미용실에 갔는지 머리를 박박 깎아버렸고."

할머니에게 이야기를 들어 보니 상황이 어렴풋이 짐작되었다.


그날 할머니는 한참 지나도 창식이가 들어오지 않는 데다 바깥에서 천둥번개가 치는 것을 보고 걱정되어 밖으로 나왔다.

"얘가 어디를 갔나?"

밖에 나온 할머니는 골목길에서 넋 놓고 서 있는 창식이를 발견했다.

"창식아, 어여 들어와. 비 맞는다. 벼락 맞으면 큰일 나."

"어, 네, 할머니."

창식이는 얼빠진 사람처럼 집으로 들어왔다.

"여긴 어디지? 이게 무슨 일이지?"

창식이가 집 안에서 두리번거리고 있던 그때, 방에서 새 옷을 꺼내 오던 할머니가 놀랐다.

"창식아, 어서 갈아입어라. 어이구! 너 언제 이렇게 머리를 밀었니?"

할머니는 창식이의 얼굴을 보고 놀라는 거였다.

"머리?"

창식이는 자기 머리를 만져보았다. 머리는 여전히 그대로였다. 오 밀리미터 정도로 짧게 민 빡빡머리.

"아이고, 이 녀석아. 아비 때문에 화난다고 머리를 민 모양이구나."

창식이는 할머니가 시키는 대로 옷을 갈아입었다. 어리둥절한 것이 마치 꿈속에서 헤매는 것 같았다.

"머리를 왜 그렇게 빡빡 밀어버렸냐? 아이고 이 녀석아. 아무리 아빠와 싸웠다고 화를 내면 어떡하냐?"

할머니는 창식이의 머리를 쓰다듬으며 눈물 흘렸다.

창식이가 과거에서 바뀌어 왔다는 걸 모르는 할머니는 저녁을 다 먹은 뒤 설거지하면서 창식이에게 이런저런 이야기를 해주었다. 듣자 하니 과거에서 온 창식이도 며칠간은 이것저것 물어보며 현대사회에 적응하려 애쓴 거 같았다. 학교 아이들 사이에서도 이상하다는 소문이 돌았던 모양이다. 하지만 어느 순간 적응했고, 친구들에게도 잘한 것 같았다. 미술 축제에서 창식이를 보는 선생님들과 학생들의 시선이 그러했다.

"내 배로 낳진 않았지만 내 손으로 너를 키운 게 몇 년인데, 그날은 네가 꼭 다른 사람처럼 낯설었다니까."

"왜요?"

"너의 아비가 일주일 뒤에 왔을 때, 아비 붙잡고서 점잖게 이야기했잖니. 싸우지도 않고."

"뭐라고요?"

"뭐, 왜정시대 지식인들이 얼마나 괴로웠는지 안다나 뭐라나. 왜정시대 사람들이 술을 먹고 울분을 토했던 것처럼 네 아비도 괴로워서 그런 것 같다고, 아비를 이해한다고 했잖니? 너무 어른스러워서 너희 아비가 깜짝 놀랐잖아."

듣자 하니 과거에서 온 창식이는 알코올중독자인 아빠를 다른 각도로 본 것 같았다. 그때 아빠는 충격을 받았고, 마음을 열기 시작한 것이 분명했다. 기적이 일어난 거다. 불의에는 저항해야 한다며 아빠가 회사에서 내부 고발한 걸 칭찬하기까지 했단다. 창식이는 자기도 모르게 고개를 숙였다. 그날 밤, 할머니는 마치 영화를 틀어주듯이 과거에서 온 창식이와 보낸 시간을 이야기해 주었다. 과거에서 온 창식이는 무엇이든 눈을 반짝이며 물어보거나 배웠다고 했다.

"네가 이상하다 싶었어. 모든 거를 마치 유치원생이 물어보듯이 다 물어보더구나. 기억 안 나냐?"

"내가 정신이 좀 나갔었나 봐요."

"네가 갑자기 얼마나 똘똘했는지 몰라."

과거에서 온 창식이는 현대의 창식이보다 훨씬 성숙한 친구였다. 그리고 일제의 억압에 비분강개하며 민족의 독립을 위해 애쓰던 친구였다.

"너, 그때 얘기했잖냐? 우리나라 빨리 통일되어야 한다고. 북한의 정주인가 어딘가 가야 한다고."

떠나올 때 한 민족, 한 나라였는데 미래에 와보니 분단이 되어 있어 과거의 창식이가 얼마나 놀랐을지 이해되었다.

창식이는 그날 밤에 엎치락뒤치락 잠을 이루지 못했다. 침구는 반듯하게 정리돼 있었고, 책상 서랍 안에 있는 모든 물건까지 제자리에 놓여 있었기 때문이다. 되는대로 살았던 자기 모습이 부끄러웠다. 이해하기 어려웠을 텐데, 패드까지 배워가며 그림을 그린 창식이의 노력이 상상도 되지 않았다. 이리저리 뒤척뒤척하는데 현관문이 열리고 아빠가 들어오는 기척이 느껴졌다. 밤새 대리운전 하고 들어오느라 힘들었는지 잔기침을 했다. 창식이는 방문을 열고 나갔다. 아빠는 화장실에서 세수하고 나와 거실에 이불을 깔고 있었다.

"아빠!"

창식이가 낮은 목소리로 아빠를 불렀다.

"어, 안 잤니?"

창식이를 바라보는 아빠의 눈은 그 어느 때보다도 맑고 깨끗했다.

"아빠 변했네요. 술도 안 드시고."

"너, 왜 그래? 네가 먹지 말라고 했잖니? 기억 안 나? 정의로운 사람이 이대로 인생 망치면 우리 한민족에게 큰 손실이라고 했잖아. 그리고 내가 회사를 바로잡겠다고 했다가 쫓겨난 거 자랑스럽다고도 했잖아?"

"어, 제가 기억이 잘……."

"네가 나를 자랑스럽다고 해줘서 내가 얼마나 울었는지 기억 안 나냐?"

"제가요?"

"아빠가 그때 태어나서 처음으로 너 끌어안고 펑펑 울고, 다음 날 병원에 갔잖아. 알코올중독 치료하겠다고. 네가 날 자랑스럽다고 해서 아빠가 정신 차렸잖아. 세상을 얻은 것 같았다."

아빠는 회사를 상대로 소송을 시작했고, 무료로 변론해 주겠다는 변호사도 생겼다고 말했다. 그런 모든 변화가 과거에서 온 창식이 덕분이었다.

"네가 격려해 준 거 아냐. 뜻이 있는 곳에 길이 있다며? 내가 아들 하나 잘 키웠다는 생각으로 지금도 이렇게 대리운전 하고 다닌다."

말은 그렇게 해도 아빠는 피곤해 보였다. 생활 리듬이 바뀐 일을 밤새워 하는 건 절대 쉽지 않을 것이다.

"아빠, 주무세요."

"그나저나 또 밤새워 공부한 거야? 너무 무리하지 마라."

그 말을 끝으로 아빠는 거실에서 이불을 뒤집어쓰고 웅크린 채 곧바로 코를 골았다. 창식이는 자기 방으로 들어와 허공에 대고 부르짖고 싶었다.

'창식이, 너 도대체 누구야?'

하지만 그 소리는 입 밖으로 나오지 않았다.

혹시 창식이가 〈아리랑〉의 나운규인지도 모른다는 엉뚱한 상상을 하는 동안, 도로보다 조금 높이 난 반지하 창문으로 희뿌옇게 동이 트고 있었다.

## 22

# *창식이의 눈물*

며칠 뒤 학교는 겨울방학에 들어갔다. 그동안 많은 변화가 있었다. 창식이는 오산학교에서 만났던 친구들을 마음속에서 지울 수 없었다. 그들이 너무나 걱정되고 슬펐지만, 자신이 다시 그곳으로 돌아갈 방법은 없었다. 가끔 비슷한 상황에서 돌아가려고 노력해 봤지만 다시는 과거로의 시간 여행이 허용되지 않았다.

밤이면 말순이가 꿈에 나타나서 눈물을 흘리곤 했다. 머리를 풀어 헤치고 귀신의 형상이 되어 있었다. 일제의 고문을 받아 그대로 죽은 것일지도 몰랐다. 그런 꿈을 꾼 날이면 다시 잠 못들고 불면의 밤을 보내기도 했다. 그럴 때면 위안을 얻기 위해

중고 서점에서 어렵게 구한 이중섭의 화집이나 김소월, 백석의 시집을 읽었다. 그러면 마음이 안정되는 효과가 있었다.

'창식아, 우리 걱정은 하지 마.'

소월이가 다정하게 그의 시집에서 위로를 건네는 것 같았다.

'나는 평화롭게 살다 왔다.'

할아버지가 되어 북한 시골농장에서 생을 마친 석이의 늙은 사진을 볼 때마다 창식이는 눈물지었다.

'창식아. 나 이제 가족과 함께 지낸다.'

젊은 나이에 가족과 떨어져, 일본에 있는 아내와 자식들을 그리워하며 제주도에서 혼자 살다 요절한 중섭이의 목소리도 들렸다.

그런가 하면 변하지 않는 것도 있었다. 할머니는 여전히 폐지를 주우러 다녔고, 아빠는 대리운전을 성실히 했다.

과거에서 돌아온 뒤 한동안 창식이더러 달라졌다고 얘기하는 사람이 많았다. 심지어 상담 선생님까지 물었다.

"창식아, 너 어디 아픈 데 없니?"

그럴 때 모든 비밀을 말할 수는 없었다. 미친 사람으로 취급받을 게 뻔하기 때문이다.

"야, 너 괜찮냐? 미술부 들어오고 충격받은 거 아냐?"

마민식이 가끔 농담처럼 말했다.

"그건 아니야."

"걸개그림 대박이었으니까, 어서 너도 꿈을 향해 나아가야지."

"그래야지."

"근데 진짜 무슨 일이냐, 박창식이 꿈을 향해 나아간다는 말에 태클을 안 걸고?"

"그냥 열심히 해야 할 것 같아서. 그게 친구들에 대한 예의이기도 하고, 내가 할 수 있는 일이기도 하고. 그럴 힘도 이제 조금은 생겼고……."

"친구에 대한 예의? 이건 또 뭔 소리래."

"뭐, 그런 게 있다, 몰라도 돼."

시간이 날 때면 창식이는 미술실에 가서 그림을 그렸다. 방학 기간 내내 학교에 갔다. 그나마 그게 혼란스러운 마음을 정리하는 방법이었다. 웹툰 공모전에 보낼 작품을 시작하지 않았더라면 창식이는 고통을 이겨내기 힘들었을 것이다.

예술의 힘은 놀라웠다. 일제강점기에 사는 친구들을 생각하며 창식이는 조금씩 용기를 냈다. 어려운 시절에 꿋꿋하게 시를 쓰고 그림을 그린 친구들, 아니 선배들을 생각하면 넋 놓고 있는 자신이 부끄러웠다. 창식이는 그림 그릴 때마다 민식이에게 보여주었고, 둘은 그림에 대한 의견을 주고받았다. 민식이는 책을 많이 읽어서인지 웹툰의 스토리와 전개 혹은 갈등에 대해서 지적해 주었다.

"야, 주인공은 고난을 겪어야 해. 고난을 많이 겪을수록 독자들이 그거에 감동하는 거야."

"넌 그림도 잘 그리면서 그런 것도 잘 아냐."

"그렇지도 않아."

마침내 한 해가 끝나는 12월 31일, 힘들게 그린 그림을 웹툰 공모전에 아슬아슬하게 마감해 보내며 마음이 허탈했다. 하지만 그사이 과거로 갔다 왔다는 자기만의 비밀을 조금은 거리를 두고 볼 수 있게 되었다.

"야, 사실은 나 놀라운 비밀이 있어."

새해가 밝은 뒤, 미술실에 간 창식이가 민식이에게 자기 이야기를 해주었다. 어느 순간 과거로 갔었고, 그곳에서 예술하는 친구들을 만났다고. 과거에서 지낸 이야기를 생생하고 자세하게 말해주었다. 한 시간에 걸쳐 이야기를 차분히 들은 민식이가 말했다.

"너도 글 써야겠다. 정말 기가 막힌대? 어떻게 그런 구성력이 있냐?"

"기가 막힌 게 아니야. 실제로 갔다 왔다니까?"

진짜 갔다 온 거라고 입에서 침이 튀도록 설파해도 민식이는 믿지 않았다.

"그렇게 과거에 다녀왔다면 우리 학교 역사에 남았을 거 아냐?"

"글쎄?"

"네가 다녀온 흔적이 남아 있을 것 아니냐고. 그 선배들이 다 이름만 대면 아는 예술가들이고 그러니까, 그 사건이 기록되어 있어야지."

"어디에?"

"역사를 뒤져 봐. 그때 신문이나…… 그래,《오산학교 백년사》라는 두꺼운 책이 교장실 가니까 있더라."

"어, 정말?"

"그거 빌려다 봐. 혹시 아냐? 너 그게 사실이면 〈심야괴담회〉

프로그램에 나올지."

다음 날 창식이는 교장실로 갔다. 민식이가 절대 믿지 않으면서도 툭 던져준 말을 확인해 보고 싶었다.

"교장 선생님. 교장실에 《오산학교 백년사》가 있다고 해서요."

"그거 여기 있지. 녀석, 또 왔구나. 학교 역사가 그렇게 재미있냐?"

"네? 또 와요?"

"그래. 너 걸개그림 그린다고, 자료가 필요하다며 이 책 전에 빌려 갔잖아."

놀라웠다. 과거에서 온 또 다른 창식이가 먼저 다녀갔다니! 그래서 걸개그림을 그렇게 그릴 수 있었던 거다.

교장 선생님께서 커다란 벽돌보다 무거운 책을 건네주자 창식이는 받아서 교실로 돌아왔다. 책은 연도별로 되어 있었다. 펼쳐 읽어보니 오산학교의 역사가 묵직하게 다가왔다. 자신이 갔던 때의 역사를 읽는 순간, 창식이는 충격을 받았다.

*1928년(소화 3년) 6월. 문화제 당일 가혹한 검열에 흥분한 학생*

*들 일제히 정주역 광장에서 극렬히 만세 운동 벌임. 24명 체포.*

*1928년 8월 15일. 시위 참여자 박창식 군 취조 과정에서 사망.*

*1928년 9월. 개학 이후 박창식 군 사망 진상 규명과 책임자 엄*
*벌을 요구하며 동맹휴학.*


"아!"

문화제 때 벌어졌던 사건들은 학교의 연표에 나올 정도였
다. 자기도 모르게 뜨거운 눈물이 흘러내렸다. 또 다른 창식이
는 그날 시위로 목숨을 잃게 된 것이다. 자기처럼 비겁하게 좁
은 건물 틈에 그대로 숨어 있지 않고, 친구들을 향해 위험 속으
로 기어이 달려들었던 모양이다. 걸개그림에 그렸던 만세 운
동 때의 모습처럼 말이다. 문화의 힘과 예술의 뛰어남을 말해
주던 친구들도 모두 사라지고 없었다.

"흑흑!"

교실 구석에서 갑자기 통곡하는 창식이를 아이들은 모두 이
상하다는 듯 쳐다봤다.

"창식이 너, 왜 우냐?"

몇몇 아이들이 물었지만, 창식이는 처음 겪는 슬픔에 눈물을

멈출 수가 없었다. 옆에 있던 생각 없는 녀석들만 창식이 머리 옆에 동그라미를 그리며 정신이 나갔다는 듯 킬킬댔다.

**23**

## 고등학생이 되어 보니

　오산중·고등학교 새 학기 개학 겸 입학식이 3월 5일에 있었다.

　"너 교복 잘 어울린다."

　"내가 뭘 입으면 안 어울리냐? 머리가 좀 덜 자라서 그렇지."

　민식이와 창식이는 오산고등학교로 진학했다. 고등학교의 새 교복을 입고 학교에 온 거다. 입학식이 시작되고 국민의례가 끝난 뒤, 교장 선생님의 인사 말씀이 있었다. 아직 삼월의 찬 바람이 부는 운동장 연단에 올라선 교장 선생님은 신입생들에게 이런저런 훈화를 하고 나서 마지막으로 기쁜 표정으로 말했다.

　"여러분! 우리 학교에 경사가 있습니다. 예술의 전통과 맥을

잇는 우리 오산고등학교 신입생 박창식 학생이 이번에 문화부 주최 전국웹툰대회에서 특상을 받았어요. 수상작은 〈식민지 학교에 떨어진 시간이동자〉. 박창식 학생 올라오세요."

아이들은 앞으로 나가는 창식이를 일제히 바라보았다. 그간 창식이에게 기쁜 소식이 있었다. 웹툰대회에서 특상을 받아 상금 오백만 원을 받았다. 물론 그 상금은 받자마자 할머니에게 드려 그간 밀린 월세를 다 해결했다. 할머니 얼굴에 함박꽃이 핀 건 그때 처음 보았다. 아빠 역시 그전까지 이런 웃음을 본 적 없을 정도로 크게 웃었다. 그 상과 상패로 학교에서 다시한번 학생들 앞에서 시상식을 하는 거였다.

입학식에는 특별히 학교 운영위원장이 와 있었다.

"시상은 운영위원장 마동식 판사님이 해주시겠습니다."

오산고 운영위원장은 민식이의 아빠였다. 마동식 판사라고 했다. 민식이와 얼굴이 닮은 마동식 판사는 근엄한 얼굴로 창식이에게 상장과 상패를 전해주었다.

"축하하네. 우리 아들과 친하다고?"

"네."

"열심히 해서 역사에 남을 명작을 그려라. 우리 민식이하고도 계속 친하게 지내고."

"네. 감사합니다."

신입생들은 일제히 손뼉을 쳤고, 창식이는 상장과 상패를 건네받고 돌아서 인사했다. 한번 받았던 상을 다시 받으니 떨리지는 않았다. 그러나 떨떠름할 수밖에 없었다. 패드 속에 웹툰 작품 도입부를 그려놓은 건 과거에서 온 박창식이었기 때문이다. 창식이는 그걸 마무리했을 뿐이었다.

하지만 창식이에게는 이제 꿈이 정해졌다. 과거에서 만난 친구들에 대한 걱정과 고통의 기억을 잊으려고 밤새 그렸던 웹툰이 꿈을 준 것이다. 우리나라 최고의 웹툰 작가가 되는 꿈. 문화의 위대함을 알리고 역사를 다루는 역사 웹툰을 그리고 싶어졌다. 만화 전공의 대학에 가기로 꿈을 정하자 특성화고에 가서 기술이나 배우려던 생각은 이미 사라졌다. 살짝 설레는 마음으로 자리에 돌아와 앉았다.

"자, 신입생들은 각자 배정된 반으로 가서 새 담임 선생님과 인사하고 교과서 받아 가세요."

부모님과 학생들은 교실로 이동했다. 민식이는 일 반이었고, 창식이는 삼 반이었다. 복도에는 몇몇 부모들이 교실과 복도 여기저기를 살펴보고 있었다.

다른 중학교에서 온 아이들과 섞여 자리에 앉아 있자, 교실 문이 열리고 낯익은 구광범 선생님이 들어왔다.

"어, 창식이, 또 만났구나."

"앗! 선생님."

"내가 네 담임이다! 이놈아, 허허."

구광범 선생님을 만나자 마음이 적이 안심되었다. 선생님은 신입생들에게 주의 사항과 준비물 목록을 전달했다. 그리고 학생들을 하교시켰다.

아이들이 우르르 교실을 빠져나갈 때, 구광범 선생님이 창식 이에게 다가와 웃었다.

"선생님, 중학교에 계시는 거 아니에요?"

"인마, 나 올해는 고등학교로 발령 났어. 우리 학교는 사립이 잖아. 오고 갈 수 있다."

"그렇긴 하지만……."

"왜? 나 만나서 싫으냐?"

"아뇨."

"오늘 상 타는 거 봤다. 아까 입학식에 운영위원장 마동식 판사 왔었지?"

"네. 민식이 아빠라던데요?"

"민식이는 우리 학교 선배인 마영일의 증손자야."

"네? 마영일이요? 오산학교 선배인?"

창식이는 당황했다. 오산학교 시절의 마영일이 바로 그였기 때문이다.

"그래. 우리 학교 부끄러운 선배야. 민족혼을 배운 게 아니라 출세하는 요령을 배워 일제강점기에 판사까지 했지."

그날 창식이는 스마트폰으로 다시 한번 친일 역사의 과거 기록을 뒤졌다. 창식이는 친구들을 배신한 마영일이 훗날 고등고시에 합격하여 판사가 되었으며, 이후 매국해 친일파 명단에 올라 있는 걸 보고야 말았다.

**클클문고** 마음을 크게, 세상을 크게

---

5·18 민주화운동 40주년 기획 소설

# 저수지의 아이들

정명섭 지음 | 12,000원

---

'말'이 '칼'이 되는 순간

# 취미는 악플, 특기는 막말

김이환·정명섭·정해연·조영주·차무진 지음 | 13,000원

---

한국전쟁 71주년 기획 소설

# 1948, 두 친구

정명섭 지음 | 12,000원

---

개인 맞춤형 메타버스 학교부터 우주 도시의 혼합 학교까지

# 100년 후 학교

소향·윤자영·이지현·정명섭 지음 | 13,500원

---

엄마까지 사라져 버린 이 세상은 어떻게 돌아가는 거야?

# 엄마가 죽었다

정해연 지음 | 13,500원

클클문고는 1318 청소년을 위한 문학 시리즈입니다.

학교의 행복과 우리 모두의 안녕을 묻는 이야기

## 안녕 선생님

소향·신조하·윤자영·정명섭 지음 | 13,500원

우당퉁탕 나쁜 감정 수거 프로젝트!

## 마음 수거함

장아미 지음 | 13,500원

나를 믿는 힘에 관한 이야기

## 내 인생의 스포트라이트

정명섭·조경아·천지윤·최하나 지음 | 13,500원

백석의 청년 시절을 만나다

## 광화문 삼인방

정명섭 지음 | 13,500원

우정과 연대가 생명을 돌볼 수 있다는 희망에 관하여

## 나와 판달마루와 돌고래

차무진 지음 | 13,500원

( 생각학교 클클문고 )

# 점퍼

초판 1쇄 발행 2024년 8월 29일
초판 2쇄 발행 2024년 10월 18일

지은이 | 고정욱

발행인 | 박재호
주간 | 김선경
편집팀 | 강혜진, 허지희
마케팅팀 | 김용범
총무팀 | 김명숙

디자인 | 석운디자인
일러스트 | 기유
교정교열 | 김선례
종이 | 세종페이퍼
인쇄·제본 | 한영문화사

발행처 | 생각학교
출판신고 | 제25100-2011-000321호
주소 | 서울시 마포구 양화로 156(동교동) LG 팰리스 814호
전화 | 02-334-7932 팩스 | 02-334-7933
전자우편 | 3347932@gmail.com

ⓒ 고정욱 2024

ISBN 979-11-93811-25-2 (43810)